L'estasi del Proibito

Dopo che Nadia scopre che Bady la tradisce

Ashley Colem

This is a work of fiction. Similarities to real people, places, or events are entirely coincidental.

L'ESTASI DEL PROIBITO: DOPO CHE NADIA SCOPRE CHE BADY LA TRADISCE

First edition. January 14, 2024.

ISBN: 979-8223594789

Written by Ashley Colem.

Also by Ashley Colem

Bien Trop Brutal
Obsede Par Elle
Limite dépassée
Amour Improbable
Kataliya, la Parfaite Élue
Le Choix Ultime d'un Seul Amour
Réveille-toi, Barbara
Sexe à Répétition
Taïna est en feu
Captive d'une Nuit Enneigée: Jusqu'à ce qu'elle apparaisse et que son âme se sente captivée
Ces Attouchements Tabous: Cette nuit-là, il a changé ma vie pour toujours
Épuisement: Sienna est peut-être jeune, mais son corps sait ce dont il a besoin
Il va l'avoir: William veut Jesse plus que tout au monde
La Femme de ses Rêves: Il est obsédé par la jeune beauté qui lui a volé son cœur
Le No 1 des Connards: Il ne cherche pas d'excuses pour ce qu'il est ou ce qu'il fait
L'étrange Mariage du Milliardaire
Maintenant... Elle est à moi pour Toujours: Je mets un bébé dans son ventre et une bague en diamant à son doigt
Piégé par elle

Tenir si Fort: Il ne savait pas qu'une obsession pouvait s'emparer de lui aussi fort

Un Alpha de Mauvais Caractère: Aucune femme n'a jamais été capable de le gérer

Un Échange Très Étrange: Le destin de Cian et de Serenity, croisés dans un lycée américain

Limite Superato

Amore Improbabile

Kataliya, la Perfetta

La Scelta Definitiva di un Singolo Amore

Sesso ripetuto

Taina è in Fiamme

Esaurimento

Intrappolato da lei

La Donna dei Suoi Sogni

Lo Stronzo #1

Ora è mia… per sempre

Prigioniero in una Notte di Neve

Sta per Averla

Stringere Così Forte

Obsession: Tout a changé la première fois que Jackson a vu Dina

Svegliati, Barbara: Stare con Clark diventa un grosso problema

Agarra tan Fuerte

Atrapado por ella: La persona a la que quería hacer daño resultó ser la única que le había llegado al corazón

El Éxtasis de lo Prohibido: Después de que Nadia descubre que Bady la engaña

El gilipollas n° 1: No pone excusas por lo que es o por lo que hace

L'estasi del Proibito: Dopo che Nadia scopre che Bady la tradisce

L'extase de l'interdit: Après que Nadia découvre que Bady la trompe

Nadia, 18 anni, non è sicura dei suoi desideri ma è consapevole che il suo ragazzo del liceo non è la persona giusta per lei. Bady l'ha tradita, il che conferma le sue preoccupazioni che lui possa essere più un giocatore che un coniuge impegnato.

Nadia viene portata in un pub dalla sua amica, dove incontra un uomo affascinante che le fa perdere la sua innocenza. Crede di aver trovato una persona affidabile. finché non la chiamerà mai più...

La coinquilina di Nadia la costringe a lasciare il suo appartamento un mese dopo. La sua ultima possibilità sembrava essere l'ideale dopo aver cercato in tutta la città una nuova casa in cui risiedere. Finché non incontra il proprietario, una figura familiare di un mese fa, che deve approvare il suo contratto di locazione.

Capitolo 1

Nadia

Bady vuole fare sesso con me stasera. Lo so. Non lo ha detto ad alta voce, ma non è necessario. Qualsiasi ragazza ti dirà che sa quando un ragazzo vuole farlo. È scritto dappertutto. Dalle loro parole, al loro volto, al modo in cui si muovono. E oltre a ciò, Bady mi ha chiesto se poteva portarmi a cena stasera nel mio ristorante preferito quando non è nemmeno il mio compleanno, il nostro anniversario o qualsiasi tipo di occasione speciale.

"Solo perché" fu la sua spiegazione. Ho sorriso e ho accettato, fingendo di non sapere cosa stesse facendo o quale fosse la sua motivazione, ma lo sapevo. Mi ha tenuto la portiera della macchina, poi la porta del ristorante quando siamo arrivati, e mi ha persino tirato fuori la sedia al tavolo come se fossi una specie di principessa o qualcosa del genere.

Era assolutamente esagerato, ma cosa avrei dovuto dire? "Va bene, Bady, puoi smettere di recitare, so cosa stai facendo"?

No, gli ho semplicemente lasciato fare le sue cose e ho sorriso mentre ci sedevamo fianco a fianco al tavolo hibachi e guardavamo lo chef agitare le sue spatole di metallo, creando vulcani di riso fritto e lanciandoci gamberetti e pezzi di bistecca con una precisione pazzesca. Non so perché pensa che l'hibachi sia la cosa che preferisco al mondo. Immagino perché gli ho detto che sono andata a Hibachi per i miei sedici anni e mi sono divertita moltissimo, e questo è tutto ciò che ricorda di me.

Almeno ricorda qualcosa, immagino...

Abbiamo condiviso un gelato al tè verde, lui ha ritirato l'assegno e poi mi ha tenuto tutte le porte mentre uscivo.

Ci frequentiamo ormai da circa quattro mesi. Il nostro rapporto è iniziato alla fine dell'ultimo anno ed è continuato fino alla laurea. Bady lavora per la società finanziaria di suo padre, e non sono ancora del tutto sicuro di cosa faccia esattamente, ma sembrava abbastanza gentile quando ci siamo incontrati per la prima volta. Non avevo mai avuto un ragazzo prima di lui, e non era un totale stronzo, quindi immagino sia questo il motivo per cui ho detto di sì quando mi ha chiesto di uscire con lui. Ma da allora, le cose tra noi sono andate costantemente peggiorando, almeno nella mia mente. Non sono sicuro che Bady si senta allo stesso modo, però.

Non riesco a capire esattamente di cosa si tratta, ma immagino di sentirmi più un oggetto per lui che una persona reale quando penso al mio posto nella nostra relazione. È come se Bady fosse più felice di mostrarmi ai suoi amici e alla sua gente piuttosto che chiedermi della mia giornata e dove voglio andare nella vita.

È così che sembra comportarsi la maggior parte dei suoi amici anche quando si tratta delle loro amiche. Per loro è più importante avere una ragazza che soddisfa tutte le esigenze che andare d'accordo romanticamente con una ragazza e condividere una relazione intima ed emotiva. E immagino che la prossima casella che Bady voglia controllare per quanto riguarda la nostra relazione sia la casella del sesso.

Non ho spuntato affatto quella casella, nemmeno una volta in vita mia, e non sono sicuro che anche Bady l'abbia fatto. Afferma di non averlo fatto, ma non sono del tutto sicuro di credergli. Potrebbe semplicemente dire che anche lui è vergine per farmi sentire più a mio agio nel rinunciare alla mia v-card. Onestamente, penso che sia così.

Sono abbastanza sicuro che l'abbia fatto con Jaime Peters, la ragazza con le enormi tette a doppia D da "non riesco nemmeno a fare jogging" che avevo durante la lezione di trigonometria. Si sono frequentati prima che io e lui uscissimo, ma ci siamo lasciati per qualche motivo per cui dice sempre che non vuole entrare ogni volta che ne parlo. In effetti, è ancora piuttosto irritabile nonostante il fatto che si siano lasciati più di sei mesi fa.

Sono sempre stato geloso di quanto siano grandi le sue tette. So che non dovrebbe avere molta importanza, considerando il fatto che non sono nemmeno più una coppia, e il fatto che lei è così truccata da non poter nemmeno fare sport, ma praticamente può indossare qualsiasi maglietta e farlo sembrare incredibile con quella rastrelliera. È semplicemente ingiusto. Come fanno alcune ragazze a essere benedette e ad altre che restano piatte come una tavola fino all'estate del loro primo anno e finiscono per far germogliare solo B?

Bady mi dice che sono fantastici e vivaci e che dovrei amarli perché non sarò così floscio e disgustoso quando sarò più grande, ma una parte di me pensa che stia dicendo qualunque cosa solo per potermi infilare nei pantaloni. Questo è quello che fanno i diciottenni, giusto?

"Sei bellissima stasera, mio piccolo coccolone." La voce di Bady attira la mia attenzione mentre entra nel soggiorno dove sono rimasta seduta al telefono negli ultimi minuti. Snugglebutt: il soprannome banale che mi ha dato negli ultimi due mesi. Non ho idea da dove venga, a dire il vero, ma a questo punto lo seguo.

"Oh, grazie." Sorrido. Non indosso niente di speciale e non mi sono nemmeno pettinata o truccata diversamente. Fondamentalmente ho l'aspetto che ho normalmente quando io e Bady usciamo, il che conferma i miei sospetti che stasera stia cercando di fare sesso.

Si avvicina al divano e mette giù delle fragole ricoperte di cioccolato che sembrano fatte in casa.

Sospiro internamente. Non so quante volte gli ho detto che non mi piacciono le fragole, e questo conferma solo che non mi ha ascoltato e ha solo cercato online consigli su come impressionare la tua ragazza. O è così oppure ha semplicemente chiesto a uno dei suoi amici.

Voglio davvero entrare in contatto con lui solo per vedere la sua reazione, ma so che non ne vale la pena. Niente di tutto questo ne vale la pena. Quindi, invece, prendo semplicemente una delle fragole, ne prendo il più piccolo boccone che è principalmente cioccolato, lo ingoio senza assaggiare e sorrido.

"Bene?" lui chiede.

Annuisco. "Sì."

"Sapevo che ti sarebbero piaciuti." Lui sorride. "Vuoi un seltzer?"

"Certo", rispondo, già cercando di trovare una scusa su come uscire di qui. Forse stasera è davvero una buona serata per rompere con Bady. Penso che sia abbastanza chiaro ora che questo non funzionerà per me.

Mi dà una pacca sul ginocchio e si alza. "Torno subito."

Ancora una volta annuisco e lo guardo mentre si dirige verso la cucina. Una volta che se ne è andato, tiro fuori il telefono e apro un messaggio per Sarah, una mia amica, ma prima ancora che possa iniziare a scrivere, il telefono di Bady vibra sul tavolino.

Non essendo uno che curiosa, lo ignoro, torno a quello che stavo facendo e mando un messaggio a Sarah, facendole sapere che potrei aver bisogno di un passaggio presto fuori di qui. Ma prima ancora di ricevere un messaggio di risposta da lei, il telefono di Bady vibra di nuovo.

Adesso nessuno manda messaggi spesso a Bady. Partecipa ad alcune chat di gruppo con i suoi amici, ma si scambiano semplicemente meme stupidi e cose del genere, e di solito li disattiva quando sta per fare qualcosa con me, quindi qualunque cosa stia succedendo in questo momento, non dovrebbe essere uno di quelli.

Lui e io scriviamo spesso, ma sono seduto proprio qui, quindi chiaramente non sono io.

Il telefono vibra di nuovo e mi si forma una stretta al petto. Sta succedendo qualcosa. Potrebbe non piacermi più di tanto Bady, potrei aver pensato di rompere con lui un attimo fa, ma questo non significa che mi va bene che lui mi faccia qualche imbroglio sullo sfondo della nostra relazione, se questo è infatti ciò che sta succedendo qui.

Il suo telefono vibra ancora una volta e faccio qualcosa che non dovrei assolutamente fare; Lo prendo e guardo gli avvisi.

Biggies LLC: Bady, dove sei?

Biggies LLC: Bady, che diavolo?

Biggies LLC: Stai giocando duro per ottenere di nuovo?

"Biggies LLC?" mi dico sottovoce. "La LLC non è una società o qualcosa del genere?" Non lo so del tutto, ma ho già sentito mio padre pronunciare questo termine. Non c'è motivo per cui un'azienda mandi messaggi a Bady in questo modo, soprattutto a quest'ora della notte.

La mia ipotesi è che Biggies LLC sia solo un nome inventato per nascondere la persona reale che gli sta mandando messaggi.

C'è un ultimo messaggio che non ho ancora controllato ed è un messaggio con immagini. Non voglio aprirlo. Il mio battito cardiaco è aumentato e sento che sto iniziando a sudare, ma sento anche Bady in cucina. E a quanto pare, ha quasi finito di prendere i nostri seltz e tornerà qui da un momento all'altro, quindi voglio essere completamente preparato e al corrente di qualunque diavolo sia questa cosa...

Quindi vado avanti e apro il messaggio su un enorme paio di tette che mi fissano dritto in faccia. E ti dirò una cosa, non ci vuole un genio per capire a chi appartengono.

Proprio in quel momento, in quell'esatto momento, Bady torna nella stanza, con un seltzer in ciascuna mano.

"Ehi, coccolone, ho preso i nostri seltz-" Il sorriso si congela sul suo viso e si trasforma istantaneamente mentre la sua mascella cade e mi fissa con uno sguardo di merda pieno di nient'altro che puro senso di colpa.

Giro il telefono nella sua direzione in modo che possa vedere cosa stavo guardando e forzo il sorriso più falso possibile.

"Allora come sta Jaime?"

Capitolo 2

Nadia

"Non è quello che sembra!" Bady risponde, la sua voce piena di panico.

"Oh, non lo è?" Rispondo, scorrendo verso l'alto per rivelare il resto della loro conversazione, che risale a settimane, se non a mesi. "Perché sembra che voi due vi state mandando messaggi da quando io e te ci frequentiamo."

Bady si precipita dentro e mi strappa il telefono dalle mani. Non l'ho mai visto inciampare in se stesso mentre scorreva lo schermo come se non sapesse cosa sta guardando.

È una performance che sta mettendo in scena e, devo ammettere, è quasi convincente. Ma mi alzo già e vado alla porta a prendere le mie cose.

Il telefono mi vibra in mano e lo controllo velocemente.

Sarah: Sarò lì tra cinque minuti.

"Mi dispiace, Nadia!" Bady protesta, venendomi dietro mentre prendo la borsa e il cappotto. "Semplicemente non volevo turbarla..."

«Buongiorno.» Annuisco mentre raggiungo la porta. "Ecco perché non l'hai bloccata e perché è nel tuo telefono sotto un nome falso? Biggies? Abbastanza appropriato, se posso dirlo."

Bady apre la bocca per continuare la discussione ma la richiude quando si rende conto di non avere più niente da dire. Grazie a Dio sono stato abbastanza intelligente da non prendermela con questo idiota.

"Abbiamo finito, Bady. Adesso me ne vado", rispondo mentre apro la porta. Faccio qualche passo fuori, nell'aria fresca della notte, poi mi fermo, mi giro e lo guardo. «Lo sai che odio le fragole. Non so quante cazzo di volte te l'ho detto."

Lascio Bady alle spalle, scendo i suoi gradini e cammino verso il marciapiede, muovendomi il più velocemente possibile mentre cerco ancora di sembrare una donna capo totale che ha il controllo delle sue emozioni e non potrebbe essere più felice di farlo. ho appena scaricato il suo fidanzato bugiardo e traditore.

E in un certo senso, in parte è vero. Stavo cercando una scusa per sbarazzarmi di Bady, ma allo stesso tempo, a nessuno piace essere tradito, soprattutto con una ragazza come Jaime, la ragazza con il miglior rack in un raggio di 50 miglia. Adesso mi sento come un hamburger di Wendy troppo cotto mentre Bady era fuori a concedersi la cucina a tre stelle di Gordon Ramsay.

Sono a due secondi dal gettare il telefono tra i cespugli quando Sarah si ferma accanto a me, abbassa il finestrino e grida: "Ehi, stronza!" Mi sorride, facendo del suo meglio per alleggerire l'atmosfera mentre si sporge e apre la portiera del passeggero.

"Entra!"

Grazie a Dio, penso mentre faccio un respiro profondo e praticamente mi lancio sul sedile e sbatto la porta dietro di me.

"Guida", le dico.

"Dove?"

"Ovunque tranne che qui, cazzo."

Sarah annuisce e schiaccia il piede sull'acceleratore. L'auto scatta in avanti, le gomme stridono nel tranquillo quartiere di periferia. La guardo scioccato, ma lei si limita a sorridermi, con il palmo teso per soffocare già qualsiasi cosa potrei avere da dire.

"Rilassati, stronza. Ho un posto perfetto dove andare, okay?»

Sorrido e basta, appoggio la testa allo schienale e metto la mia vita nelle mani di Sarah, almeno per il resto della serata. È stata la mia migliore amica per tutto il liceo, quindi se dice di avere il posto perfetto, allora ha il posto perfetto.

"Allora mi dirai cos'è successo?" lei chiede.

"Beh, stava cercando di convincermi a rinunciare stasera," dico con un sospiro.

"Come sospettavamo." Lei annuisce.

"Ma a quanto pare... stava tradendo."

"Stai scherzando", geme Sarah. "Quel pezzo di merda! Con chi?"

"Jamie Peters."

"Jamie tettone?" Sara risponde. "Pensavo che si fossero lasciati."

"Lo pensavo anch'io", dico con un sospiro mentre il mio telefono vibra per diversi messaggi di Bady.

"É lui?" chiede Sarah. Annuisco, sfogliandoli. "Cosa sta dicendo?"

"Mi dispiace... ho fatto un errore... ti amo... tipica stronzata. Lo bloccherò adesso."

Lo faccio, senza esitazione.

"Mi dispiace, ragazza."

"Eh." Alzo le spalle. "Non è che mi abbia spezzato il cuore emotivamente o qualcosa del genere. Non eravamo innamorati, sai? Sento solo..."

"Come se un ragazzo ti tradisse ancora?" suggerisce Sarah.

"Esattamente."

Sarah annuisce ed entra in un parcheggio, e mi rendo conto che da tutto il tempo in cui abbiamo parlato, ha guidato piuttosto velocemente e siamo arrivati al Sundown Beach, uno dei bar locali della città. La guardo mentre tira fuori le chiavi e afferra la borsa.

"Cosa stiamo facendo qui?" Chiedo. "Nessuno di noi ha dei falsi."

"Non c'è bisogno." Lei sorride. "L'amico di mio fratello ha iniziato a gestire il bar qui la settimana scorsa. Ci lascerà entrare totalmente.

Prima che possa dire qualcosa, salta fuori dall'auto e si dirige verso la porta: una porta con un enorme buttafuori con braccia grandi quanto la mia vita in piedi accanto.

"Sara, aspetta!" Sibilo mentre scendo e la inseguo. Ma quando la raggiungo, lei è già in piedi proprio di fronte a lui.

"ID?" chiede l'uomo guardandoci con sospetto.

"Sì, puoi dire a Jared che Sarah e Nadia sono qui per vederlo?" dice con la sicurezza di Hillary Clinton che le trasuda dai pori. Il buttafuori la guarda per un secondo, masticando la gomma, e per un secondo sono sicuro che ci dirà di perderci. Ma con mia sorpresa alza il mento e in risposta si lecca i denti.

"Attendere qui."

Detto questo, svanisce all'interno. Sarah si gira verso di me e mi lancia il sorriso più orgoglioso e pieno di denti. "Vedere? Te l'avevo detto che funzionerà!"

"Sì, beh, dobbiamo ancora vedere..."

Prima che possa finire, la porta del bar si apre e il buttafuori appare di nuovo. Si fa da parte e fa cenno a entrambi.

"Vieni dentro."

Nessuno dei due dice nulla, ma semplicemente seguiamo il suo gesto ed entriamo nel bar. È piuttosto pieno, con una folla di persone ovviamente molto più anziane di noi stasera. Sarah vede immediatamente Jared, mi prende per mano e mi trascina attraverso l'orda di persone verso di lui e sbatte il palmo della mano sul bancone del bar per attirare la sua attenzione.

"Due colpi! Qualunque cosa tu voglia, rendili forti", dice. "Questa stronza è appena stata tradita dal cazzo del suo fidanzato."

Dalla folla attorno a noi si levano diversi suoni di commiserazione, e Jared fa immediatamente una smorfia, una faccia simile a quelle che ha fatto e che mi hanno sempre fatto desiderare di avere un fratello come lui.

"Dannazione, Nadia, mi dispiace", dice mentre prende due bicchierini e li riempie con qualcosa di scuro. "Vuoi che lo uccida? Potrei ucciderlo."

"SÌ!" Sara risponde.

"NO." Scuoto la testa. "Non ne vale la pena."

"È vero", concorda Sarah. "Sottosopra!"

Facciamo le nostre iniezioni e provo a fingere che il mio primo riflesso non sia quello di tossire e tagliarmi la gola. La verità è che non sono mai stato un festaiolo al liceo e non mi sono mai abituato al gusto o alla sensazione dell'alcol.

"Tuttavia, non possiamo avere più uomini sulla terra che tradiscono più ragazze e spezzano loro il cuore, vero?" Una voce maschile sconosciuta alle mie spalle mi fa voltare e mi ritrovo a fissare un uomo straordinariamente splendido vestito casual da lavoro, senza cravatta, colletto della camicia aperto, con una mano che scuote semplicemente il bicchiere con ciò che resta di un cocktail.

"Porca miseria, Nadia", mi sussurra Sarah all'orecchio, abbastanza forte da permettermi di sentire.

Sembra che sia appena uscito dalle pagine di una rivista maschile o forse possieda una rivista maschile per la quale non può prendersi la briga di fare il modello perché è già troppo ricco. È decisamente più vecchio di me e ha un aspetto virile ma allo stesso tempo ha anche un fascino giovanile. È una combinazione incredibile, come un dessert al caramello salato che non sembra funzionare sulla carta ma ha un sapore assolutamente delizioso una volta assaggiato.

"No, immagino che non possiamo," rispondo dopo che Sarah mi ha dato un colpo sul rene, facendomi capire che non gli avevo risposto e stavo semplicemente fissando il suo bell'aspetto come un preadolescente a un concerto di Harry Styles. . «Ma cosa dice questo di te, signor Random Gentleman? Che ti va bene andare in giro ad uccidere ragazzi che si comportano da stronzi?"

"Proteggere le donne, potremmo chiamarlo", risponde, quasi livellandomi con il fascino che emana da lui mentre sorride. "Oppure questo mi fa sembrare troppo un cavaliere bianco?"

"Un pó." Io sorrido in risposta, alzando il pollice e l'indice con nient'altro che uno spazio tra loro.

Sorride e si alza, e quasi sussulto quando mi rendo conto di quanto sia alto. Prima non era ovvio dato che era seduto su uno sgabello da bar, ma ora torreggia sia su Sarah che su di me. Deve avere almeno un metro e ottanta ed essere in forma incredibile, come un uomo che passa ogni giorno in palestra o è nato con la migliore genetica del mondo, o entrambe le cose.

Ha anche un profumo piuttosto gradevole, e non nel senso della colonia da uomo firmata. È proprio lui. Il suo profumo sta invadendo le mie narici e facendo sì che i miei feromoni (è la parola giusta?) si accendano, insieme ai miei ormoni. Ad ogni annusata, il mio naso inizia a dirmi di prepararmi per l'odore di qualcosa che non voglio annusare, l'odore corporeo di una persona sconosciuta, ma non arriva mai a quel punto. Mi godo ciò che inalo per tutto il tempo.

Cos'è questo? Cosa sta succedendo adesso? Sul serio.

"Va bene, tornerò un po' indietro", dice l'uomo. Sempre sorridendo, mi tende la mano. "Malcom. Ma le persone a me vicine mi chiamano Mal".

"Nadia", rispondo, prendendogli la mano. "La gente mi chiama Nadia."

I suoi occhi si fissano nei miei mentre ci stringiamo, e per la prima volta da mesi ho la sensazione che quest'uomo si preoccupi davvero delle parole che escono dalla mia bocca. No, lo so.

"Bene, Nadia," dice Mal, sempre tenendomi la mano, "ti spiace se ti offro il prossimo drink?"

Capitolo 3

Malcolm

Ci sono persone che credono nel vero amore e ci sono persone che no. Pensavo di essere una delle persone che lo facevano fino a poco tempo fa. Avrei trovato la mia ragazza, l'avrei sposata, mi sarei sistemato, avrei avuto tanti figli e avrei vissuto per sempre felici e contenti.

E poi è successo e tutta la mia visione del mondo è cambiata.

Mia sorella... beh, è un po' più ottimista. Si è sposata con un ragazzo di nome Thomas, di cui non sono un fan, e farà funzionare le cose. Almeno questo è quello che mi dice da quando si sono incontrati per la prima volta, un anno e mezzo fa.

Non me. Non sto forzando l'intera faccenda del lieto fine. Non più. Ma sono ancora un uomo e non rinuncerò a una bellezza come quella che ho di fronte in questo momento.

Nadia...

Potrebbe essere semplicemente la ragazza più bella che abbia mai visto. In realtà grattalo: lo è. E non è nemmeno vestita. Sembra perfettamente normale: un paio di jeans alla moda con una camicetta giallo chiaro, una graziosa collanina d'oro e quello che sembra un normale trucco. I suoi capelli sono naturalmente ondulati o ha fatto qualcosa. Ad ogni modo, mi piace e ho sentito i miei pantaloni stringersi dal momento in cui l'ho vista.

La sua mano sembra pronta a bruciare nella mia. È morbido come la seta, tenero e minuscolo, delicato come un tesoro. Non voglio lasciarlo andare, ma so che se continuo a resistere ancora a lungo, la probabilità che io mi imbatti in un mostro salirà alle stelle, quindi spero che si sbriga a darmi darmi una risposta alla mia domanda. Ma lei continua a guardarmi con gli occhi stellati, come se le avessi chiesto qual è la sua opinione sulla teoria delle stringhe.

Per fortuna, la sua amica dietro di lei (di cui non sono sicuro del nome), le dà un colpetto alla schiena e la scuote dal suo torpore.

"Sì, naturalmente!" sbotta.

Sorrido e la lascio andare. "Cosa ti piacerebbe?" Chiedo.

Questo sembra causarle una certa angoscia, e lancia uno sguardo a Jared e poi di nuovo a me.

"Sai, non sono un grande bevitore... io..."

"NO?" Chiedo. "Ehi, non hai sedici anni, vero?"

"NO!" scatta velocemente. "Io" si avvicina "ho diciotto anni, grazie mille."

Il mio cazzo si irrigidisce. Sorrido e sussurro in risposta: "Comunque non dovrei essere qui".

"Conosciamo Jared."

"Ah." Annuisco. Poi mi viene un'idea e allungo la mano e le prendo di nuovo la mano. La morbidezza, la tenerezza, la sensazione di tenere in mano un tesoro mi colpiscono all'improvviso e ne sono colpito.

"Scusate tutti," dico abbastanza forte perché la folla circostante possa sentirmi. "Ma questa ragazza non è abbastanza grande per stare qui."

"Cosa fai!?" Nadia sibila.

«Mi chiamo tenente Malcom Smitherson. Stasera lavoro sotto copertura», continuo mentre la allontano dal bar. «Dovrò accompagnarla fino alla stazione. Per favore, nessuno faccia una scenata!"

Guardo nuovamente Jared e lo vedo trattenere un sorriso, ma con mia sorpresa, posso vedere la sua amica (qualunque sia il suo nome), fare la stessa cosa mentre Nadia la guarda in preda al panico.

"Sara!" lei richiama.

Ah, quindi questo è il suo nome.

"Ehi, non guardarmi!" Sarah richiama.

Sto portando via questa ragazza da qui adesso. Così caldo e diciottenne? Incredibile. Se la prende con i ragazzi delle superiori che non sanno come trattarla, che la tradiscono come un ragazzo che possiede una Ferrari e la guida nel fango senza mai lavarla.

Nadia ha bisogno che un vero uomo la tratti come dovrebbe essere trattata, e quello sono io. Non è nemmeno solo un bel corpo. È piena di sperma. L'ho notato nel momento in cui ha iniziato a parlarmi. Lo adoro in una donna. Immagino di essere come mio padre in questo senso.

Apro la porta nella notte e passo oltre Cameron, il buttafuori, che sta fumando. "Buona serata, Cam."

"Anche tu, Mal."

Svolto a destra verso il punto in cui ho parcheggiato la macchina e sento Nadia che mi tira contro la presa.

"Il tenente Malcom Smitherson? Mi stai prendendo per il culo?"

"Perché?" le chiedo, spingendola su per il blocco. "Alle ragazze non piacciono gli agenti di polizia?"

C'è una pausa e riesco praticamente a sentire gli ingranaggi che ronzano nel suo cranio prima che parli di nuovo. "Devi prendermi per il culo."

Abbiamo raggiunto la mia Maserati color argento, quindi mi fermo dandole le spalle e utilizzo il telecomando per aprirla. Le luci illuminano la sua bellezza. Se nella mia mente era rimasto qualche dubbio, ora è sparito.

"Si lo sono." sorrido. "Ti sto prendendo per il culo."

"Ma perché-?"

"Perché voglio portarti a casa con me, Nadia." Il suo viso perplesso è assolutamente adorabile. Mi allungo e le apro la portiera del passeggero. "E avevo bisogno di trovare una scusa per te."

"Una scusa?"

«Per farti uscire di lì» dico. "Sapevo che non avresti voluto andartene con un uomo che avevi appena incontrato. Anche se era inquietantemente bello.»

"In modo inquietante?" ripete, cercando invano di non sorridere mentre la spingo verso la portiera aperta della macchina. È una danza, una danza lenta eseguita da due partner che stanno appena iniziando a capirsi a vicenda.

Mi aspetto qualche altra protesta da Nadia ma non ne ottengo nessuna. Invece, lei semplicemente mi segue mentre le metto una mano sulla parte bassa della schiena e l'altra sulla sua vita e la guido in macchina.

Mi sta guardando con gli occhi più meravigliosi e vulnerabili mentre chiudo la porta e vado al mio fianco. Il cuore mi batte forte nel petto mentre la parte più primordiale del mio lato maschile batte con anticipazione e desiderio. I miei ormoni stanno impazzendo quando salgo accanto a lei e mi allontano dal bar.

Ora noto che ha persino un profumo meraviglioso. Non so se è il sapone, lo shampoo o qualche specie di spruzzata di profumo che si è messa, ma non ne ho mai abbastanza. E in questo spazio chiuso della mia macchina, ora che non siamo più al bar, mi sento come se fossi appena morto e andato in paradiso.

"Quindi è questo che fai?" chiede, rivolgendo uno sguardo semi-accusatore nella mia direzione.

"Che cos'è?"

"Utilizzare il tuo rizz assertivo e virile sulle ragazze al bar e convincerle a tornare a casa con te?"

Sì, ha molto coraggio.

"Rizza?" Rispondo con uno scherno. "Scusa Nadia, mi accusi di essere una giocatrice?"

Nadia alza le spalle. "Bene, cosa diresti a Michael Jordan se lo vedessi tirare da tre punti?"

Un sorriso si forma sulle mie labbra. Non siamo lontani da casa mia adesso. Inspiro profondamente il suo profumo e le faccio una piccola alzata di spalle arrogante. "Quindi stai dicendo che sono MJ ofrizz, Nadia?"

Nadia si limita a ricambiare il mio sorriso, insieme ad un'alzata di spalle, e riporta la sua attenzione alla strada.

"Quindi hai detto che conoscete Jared? Tu e il tuo amico?"

"Il mio amico lo conosce", risponde. "Ero solo lì per il giro."

"Annegare i tuoi dolori", suggerisco. Ancora una volta, lei alza le spalle.

"Come ho detto, non sono un grande bevitore. Era tutto il grande piano di Sarah.

C'è qualcosa di diverso in questa ragazza, qualcosa che non riesco a individuare. E non è nemmeno il fatto che io sia quasi ipnotizzato dalla sua straordinaria bellezza. Adoro il modo in cui mi lancia addosso tutto ciò che le lancio, ma secondo le parole di Shrek, gli orchi sono come le cipolle, asino! E non posso fare a meno di pensare che ci sia molto di più in questa ragazza, e vorrei adoro arrivare al centro e scoprire ogni parte di lei.

Raggiungiamo casa mia e mentre entro, Sarah la guarda, poi guarda di nuovo me e mi lancia gli occhi.

"Allora cosa fai?" lei chiede. "Possiedi un paio di società? Miniere di smeraldi in Africa? Gestire un giro internazionale di traffico di droga?"

"Andiamo", rido. "Non è così carino."

"NO? Dovresti vedere dove vivo attualmente."

"Beh, potrei essere in grado di aiutarti in questo, in realtà-"

Nadia alza velocemente una mano. "Grazie, ma non ho bisogno di un sugar daddy."

Il mio livello di rispetto per lei aumenta immediatamente. Nel mio lavoro è difficile contare quante ragazze vengono da me in cerca di aiuto, quanti favori mi verranno offerti se solo potessi, per favore, concedere loro uno sconto sull'affitto. È successo così spesso che a questo punto sono praticamente diventato insensibile.

"Sono un padrone di casa", rispondo.

"Ah." Nadia annuisce. "Quindi la feccia della terra."

"Oh, andiamo", dico mentre scendo e vado dal suo lato della macchina. Apro la porta, la afferro per il polso e la faccio alzare in piedi. Lei inciampa in avanti e le sue tette vivace, da adolescente, premono contro il mio petto. Maledizione, riesco a sentire quanto siano perfetti, anche attraverso il tessuto della sua maglietta. «Voi ragazze amate i ragazzi cattivi. Ammettilo."

Le sue labbra sono la perfezione.

I suoi zigomi alti. I suoi occhi spalancati e innocenti, mi fissavano.

Il sangue è caldo e mi scorre nelle vene mentre la avvolgo e premo il palmo della mano sulla sua schiena.

«Nessuno sano di mente ti tradirebbe mai, Nadia» le dico. «Anche se quell'uomo fosse la feccia della terra.»

La vedo iniziare ad arrossire, il che la rende ancora più carina. Non c'è niente che questa ragazza possa fare per non rendermi ancora più attratto da lei.

"Beh, qualcuno l'ha fatto", dice, con una certa temerarietà nella voce.

"Questo perché non era un uomo", le dico. "E non sapeva cosa aveva con te."

Apre la bocca per rispondere, ma prima che possa farlo, mi avvicino e la bacio.

Capitolo 4

Malcolm

I miei genitori si innamorarono quando erano al secondo anno delle superiori. Almeno questo è quello che mi hanno detto. Mio padre stava giocando alla partita finale di basket e mia madre era così incantata dal suo talento (e dal fatto che avesse centrato il tiro vincente) che si innamorò di lui proprio lì.

Lei si è avvicinata a lui dopo la partita e, secondo mio padre, lui l'ha scelta tra tutte le ragazze che si scagliavano contro di lui perché sapeva che era lei quella giusta.

Lo sapeva e basta...

Fino a quando non lo fece.

Le labbra di Nadia hanno ancora un sapore di rum, e persino un accenno sulla sua lingua liscia e morbida mentre premo la mia contro la sua. È una mossa coraggiosa quella che sto facendo, e so che c'è una possibilità che lei possa allontanarsi (soprattutto dopo avermi definito la feccia della terra), ma non lo fa. Infatti, lei ricambia il bacio e preme contro di me mentre appoggio il palmo della mano contro la sua schiena.

Si adatta a me come un pezzo di puzzle. Mi sto già immaginando sopra di lei, lei piegata in avanti e io che la prendo da dietro, lei a cavalcioni sul mio viso e io fino alla lingua dentro di lei. Bady, non riesco a ricordare l'ultima volta che ho provato così affetto per una donna, soprattutto per una che avevo appena incontrato.

Come una lattina di soda che si apre di scatto, interrompo il nostro bacio, la afferro per la vita e la lancio sopra la mia spalla. Lei grida, per metà scioccata e per metà felice, mentre la porto alla porta d'ingresso.

"Oh mio Dio, Malcom!"

"Mal," grugnisco mentre uso la mia tessera magnetica per aprire la porta. "Chiamami, Mal."

Sono in vera e propria modalità cavernicolo quando entro in casa. La mia casa ora è la mia caverna. Il mio guardaroba casual da lavoro ora è solo qualcosa di stupido che noi uomini civilizzati indossiamo come parte dei moderni rituali maschili a cui siamo costretti a sottoporci per fare soldi.

Tutto quello che voglio fare ora è liberarmi di tutto questo e scoparmi questa splendida donna senza sensi, come dovrei fare. Come la natura vuole che io faccia.

Tengo la mascella serrata mentre la porto sul divano e la getto sotto di me. Le sue tette rimbalzano meravigliosamente e io getto velocemente da parte il blazer come se non me ne potesse fregare di meno (perché non potevo).

Questo sembra eccitare Nadia, e i suoi occhi diventano ancora più grandi di quanto fossero un momento fa. Non mi prendo nemmeno la briga di sbottonarmi la camicia. Lo afferro semplicemente per le spalle e lo scrollo di dosso come se mi stesse graffiando a morte, lanciandolo nella stessa direzione del mio blazer.

"Porca miseria", dice semplicemente Nadia. "Allenarti molto?"

Alzo le spalle come se il mio ego non si fosse semplicemente gonfiato come un palloncino con la bocca attorno al labbro. "Una o due volte quando ero giovane."

"Oh, sei un tale stronzo."

Il mio cazzo pulsa sotto i pantaloni, ma non ho intenzione di spogliarmi nudo senza prima spogliarla almeno un po' con me.

Mi chino e le sollevo l'orlo della camicia, scoprendo la sua vita piatta e sottile. Alza i fianchi mentre faccio scorrere delicatamente le dita sulla pelle calda, liscia e morbida. Alzo la maglietta sempre più in alto finché non è visibile il reggiseno. Sorrido.

"Questo è uno di quelli che si aggancia davanti."

Nadia si limita ad annuire mentre uso il pollice e gli indici per annullarlo. Le coppe cadono, esponendo le tette naturali più belle che abbia mai visto in vita mia (e che probabilmente non vedrò mai).

"Beh, ti muovi velocemente, vero?" chiede Nadia, guardandomi. Non è tanto una domanda quanto un'accusa, ma la vedo fino in fondo.

"Sentiti libero di fermarmi in qualsiasi momento", rispondo, sporgendomi con un altro bacio. Ma questa volta non la bacio dove si aspetta; Bacio la pelle innocente del suo collo, facendo uscire un lieve sussulto dalle sue labbra.

Sta tremando. Potrebbe essere davvero una persona infuocata quando va avanti e indietro con me, ma quando si tratta di questo, di sottomettersi al mio tocco, non sembra essere altrettanto sicura di sé.

Va bene. Prenderò il controllo e la farò stare bene e a suo agio.

Le bacio il collo, cullando il suo corpo tra le mani, portando il suo dolce profumo nei miei polmoni. È il suo sapone. Sicuramente il suo sapone che ha un profumo così gradevole.

Continuo a baciarle il petto, poi coccolo i suoi bellissimi seni con entrambe le mani e prendo ciascuno dei suoi capezzoli tra le mie labbra come due dolci caramelle gommose rosa.

Nadia sussulta, questa volta più forte, e mi afferra la testa con entrambe le mani. Mi afferra i capelli, così forte da farmi quasi male, ma non mi interessa. Le lascerei tirare fuori due manciate in questo momento, sono così preso dalla sua bellezza.

"Sei così meravigliosa", sussurro mentre scendo, bacio dopo bacio, assolutamente colpita dalla bellezza del suo corpo. È come la scultura di una dea creata da un maestro, perduta per secoli, poi ritrovata, restaurata e collocata in un museo.

Raggiungo l'orlo dei suoi pantaloni e faccio scattare il bottone, facendole staccare i fianchi dai cuscini del divano ancora una volta, quasi staccandomi gli occhi nel processo. Lei non se ne accorge nemmeno, e non ho intenzione di dire nulla: continuo semplicemente ad abbassare la cerniera, rivelando un paio di mutandine bianche di pizzo.

C'è qualcosa di così delicato e ingenuo in loro che contrasta con l'essenza di questa situazione. Il fuoco dentro di me ruggisce mentre le abbasso i pantaloni e li guardo impigliarsi nei suoi fianchi così femminili. È come se fosse stata costruita per tentarmi, per accendermi, per premere ogni pulsante che ho progettato per eccitarmi, e quando raggiungono le sue ginocchia e vedo che sono ricoperte di piccoli lividi, semplicemente perdo la testa.

"Cazzo, sei sexy", ringhio, stringendo i denti attorno alla carne cremosa e avorio della sua coscia destra. Mordo, abbastanza forte da farla strillare un po', non abbastanza forte da farle del male. Non lo farei mai. Non a Nadia.

"Gesù!" grida, rannicchiandosi su di me in modo protettivo e istintivo. Ma prima che possa reagire del tutto, le tolgo completamente i pantaloni e la faccio rotolare a pancia in giù, bloccandola sotto di me, esponendo il suo dolce culetto che sta solo gridando per essere sculacciato.

Ed è quello che faccio dopo: le do una forte sculacciata proprio sulla guancia sinistra. Semplicemente non posso aiutarmi. Questa ragazza è davvero troppo per me. Sta tirando fuori tutti i miei impulsi maschili. Dev'essere così quando i leoni vanno in calore e il leone maschio immobilizza la leonessa e riesce a farcela con tutti i feromoni che sta rilasciando.

Non mi sono mai sentito così prima.

Nadia alza i fianchi e mi mostra il suo sedere - il suo minuscolo perizoma di pizzo bianco che passa il filo interdentale nella fessura - e senza esitazione, lo aggancio con due dita e lo tiro da parte.

Sono abbastanza sicuro di sentire il tessuto o il filo che si allunga o si strappa, ma non mi interessa. Le infradito non costano molto. Le comprerò semplicemente un altro paio se fa storie. E inoltre, tutto ciò su cui mi concentro in questo momento è la bellissima piccola pesca rosa, completamente cerata, che ora vedo brillare verso di me.

"Maledizione, se questa non è la fighetta più sexy che abbia mai visto..."

Nadia, con gli occhi accesi di lussuria, mi guarda mentre stringe le labbra con aria scettica. "Scommetto che è quello che dici a tutte le ragazze."

Gesù, è focosa.

Non è ciò che i ragazzi di oggi chiamano "grassa", ma ha più che abbastanza per poterla afferrare, quindi le afferro una bella manciata di culo e mi chino su di lei, premendo con abbastanza forza. forza per dimostrarle che non andrà da nessuna parte.

"Ascolta, Nadia," dico, lasciando che le mie labbra sfiorano il suo orecchio, suggerendo che potrebbe esserci un bacio in arrivo. "Oggi ti ha mentito un vero stronzo. L'ultima cosa che farò è mentirti ancora oggi. O mai. Tu mi capisci?"

La bacio delicatamente appena sotto l'orecchio, facendo uscire un gemito molto semplice dalle sue labbra mentre il suo corpo si alza dal divano per premere contro il mio. Non parla, semplicemente annuisce e gira la testa contro la mia, quasi in un abbraccio di riconoscimento.

Faccio scorrere la mano sinistra lungo il suo fianco, la mia erezione diventa sempre più dura mentre osservo ogni centimetro delle sue curve finché non trovo anche la sua mano. Lo sposto sul mio rigonfiamento, costringendola a sentire quanto sono eccitato per lei.

Nel momento in cui le sue dita atterrano dove voglio che siano, sento il suo intero corpo irrigidirsi, il suo respiro fermarsi e la sua testa girare in modo da potermi guardare completamente con entrambi gli occhi.

"È questo-?"

"Certo che lo è, dolcezza", rispondo. Non sono mai stato uno dei nomignoli per ragazze prima, ma questo mi è semplicemente uscito di bocca come se lo avessi usato per anni.

I suoi occhi rimangono fissi nei miei per diversi secondi, e poi, come se mi stesse chiedendo il permesso, Posso solo...? Dà una leggera stretta al mio rigonfiamento, come se stesse testando quanto sono grande, o forse cercando la forma... o forse entrambi allo stesso tempo.

"Mio Dio... sembra enorme", sussulta.

"Come il resto di me", rispondo con un occhiolino sarcastico, riferendomi al suo commento sui miei muscoli di prima, quando mi sono tolto la maglietta.

Posso dire che vuole ribattere qualcosa, ma è troppo presa dalla situazione. Lei guarda in direzione del mio cazzo mentre lo stringe ancora, poi torna a guardarmi.

"Ecco... non c'è modo..."

"Certo che c'è, dolcezza", sorrido, abbassandomi i pantaloni. "Dove c'è una volontà, c'è un modo. E sono più che disposto a far sì che ciò accada proprio ora, non è vero...?"

Prima ancora che possa finire di togliermi le parole dalla bocca, Nadia si rotola sulla schiena sotto di me e mi afferra il collo con entrambe le mani.

"Stai zitto", dice. "Stai zitto e fai quello che vuoi con me."

Okay, penso subito tra me, mentre i miei occhi scrutano il suo corpo glorioso. Non devi chiedermelo di nuovo, principessa.

Capitolo5

Nadia

Quindi Bady voleva fare sesso con me stasera. Lo sapevo e non avevo intenzione di rinunciargli. Per nessun motivo diavolo avrei rinunciato a lui. Avrei assecondato qualunque stupida sciocchezza avesse pianificato (solo perché, immagino), avrei trovato il modo di non allargargli le gambe, sarei andato a casa e avrei raccontato a Sarah tutta la storia.

Semplicemente non ero pronto per fare sesso. Questo è quello che mi sono detto. Ma ora eccomi qui, a pochi secondi dal rinunciare a un uomo che conosco a malapena, un uomo che ho appena incontrato al bar, un uomo che non so nemmeno cosa faccia di lavoro: potrebbe essere un serial killer per per l'amor del cielo, e potrei essere a due giorni dall'essere pubblicizzato su tutti i notiziari e sui social media: Nadia London è scomparsa due giorni fa ed è stata vista l'ultima volta lasciare The Sundown Beach con quest'uomo (inserire la foto del mio assassino). Nessuno in città e nessuno dei clienti abituali del bar sa nulla di quell'uomo, e non è più stato visto da quando Nadia è scomparsa...

Ma ancora una volta, probabilmente mi sto semplicemente trapiantando nella trama di uno di quei thriller misteriosi che ho guardato ultimamente. E comunque, perché mi piace guardare così tanti programmi sulle persone morte?

La verità è che Malcom—Mal—è follemente sexy, cavalleresco, spiritoso e affascinante, con il corpo di un dio greco, e mi ha catturato dal momento in cui ci siamo incontrati. Mi sento come una specie di pesce che lui, il maestro pescatore, ha catturato dalla poppa della sua barca mentre navigava magistralmente nelle acque tempestose dove io stavo nuotando (o annegando). I pesci annegano?

Le sue mani accarezzano il mio corpo e io semplicemente mi consegno a lui. Fai quello che vuoi, è quello che vorrei dirgli, ma non posso, è semplicemente troppo. Sento che questo ucciderebbe il momento o qualcosa del genere.

La verità è che non so cosa fare in questo momento, quindi grazie a Dio lo sa.

Quanti anni ha comunque? Ovviamente più vecchio di me. Più vecchio di Bady. Probabilmente abbastanza grande da far sì che alcune delle ragazze con cui andavo a scuola, o anche alcuni ragazzi, avrebbero contestato la cosa. Posso sentirli solo adesso.

Si sta approfittando di te, Nadia.

È totalmente un predatore.

Dovrebbe uscire con qualcuno della sua età.

Perché non è sposato?

È sposato? Sta tradendo sua moglie? Non lo sai nemmeno!

Beh, almeno per adesso, in questo momento, possono tutti andare a farsi fottere. Sono follemente eccitato, so quello che voglio e Mal me lo darà.

Mal, non Malcom.

Il mio corpo si sta surriscaldando mentre lui mi stringe il seno e poi fa scivolare una mano giù, lungo il mio stomaco e tra le mie cosce. Dio, mi sento già sul punto di esplodere. Nessuno mi ha mai toccato lì prima.

Trascina la punta del dito medio lungo la mia fessura, e mi rendo conto di quanto sono già bagnata per lui. Le mie mutandine, stese nell'angolo della stanza insieme ai jeans, devono essere assolutamente bagnate.

La sensazione mi fa gemere. Mi metto una mano sulle labbra, non so perché, ma sono così timida per tutto.

"Cattivo, stai gocciolando", dice Mal, con la voce bassa, predatoria. Se lo sentissi parlare così per strada o al bar, il suo tono potrebbe spaventarmi. Ma qui sul divano è semplicemente perfetto.

Il suo dito raggiunge il mio clitoride e le sensazioni dentro di me esplodono. Quasi urlo mentre cerco di trattenermi, il cuore che batte forte dentro di me, il sangue che ribolle. Prendo un cuscino per coprirmi il viso mentre esercita pressione in cerchi concentrici. Quest'uomo sa esattamente cosa sta facendo.

"Ecco fatto, tesoro", sussurra mentre appoggia il suo corpo sopra il mio. È in quel momento che sento la sua virilità contro la mia coscia, pelle contro pelle, così calda e così forte, ed è allora che mi rendo conto della piena realtà delle sue dimensioni.

Abbasso lo sguardo e rimango a bocca aperta quando lo vedo. Così grande, così spesso, quindi... tutto. E anche Mal vede la mia bocca aperta.

«Va tutto bene, dolcezza. Non hai nulla di cui preoccuparti."

"Io non?" La mia voce trema e non posso farci niente.

"Potrebbe sembrare molto, ma so cosa ci sto facendo."

Probabilmente sarebbe il momento perfetto per dirgli che sono vergine. Che non so cosa sto facendo con quello che sto succedendo, o cosa fare anche in generale. Ma non voglio rovinare l'atmosfera o addirittura spaventarlo. Ai ragazzi piacciono anche le vergini? Ho sentito risposte contrastanti a questa domanda.

Alcune persone dicono di sì, che i ragazzi vogliono essere i primi a "piantare la loro bandiera", per così dire, ma poi ho sentito altre persone dire che i ragazzi vogliono una ragazza con un po' di esperienza, solo un po', intendiamoci - in modo che sappia davvero cosa sta facendo e non semplicemente "giace lì come un pesce morto".

Quindi sono in una situazione reale qui e non ho idea di cosa fare. Per fortuna, Mal lo fa.

Continua a lavorare sul mio clitoride mentre io sono lì, a bocca aperta, a fissarlo impotente, con la sua enorme erezione premuta contro il calore dell'interno della mia coscia. C'è un tale potere nei suoi occhi. Farei qualsiasi cosa per quest'uomo in questo momento. Letteralmente qualsiasi cosa. Non so nemmeno se questo sia un bene o un male.

Posso sentire un climax che cresce dentro di me. Tutto quello che deve fare è continuare a fare quello che sta facendo, e io ci arriverò. Gli leggo in faccia che anche lui lo sa. Sì, ci sei quasi, vero, tesoro? mi chiede senza dire niente. Lo so, perché sono incredibile in quello che faccio.

Io annuisco. Sì, cazzo, lo sei. Sono proprio al limite, tu uomo incredibile.

Ma appena prima che tutto accada, prima che i fuochi d'artificio vengano lanciati ed esplodano nel cielo, Mal si ferma. Ritira la mano, lasciando andare la pressione sul mio punto magico.

"Io... cosa stai...?" Sussulto come una bambina a cui la mamma ha appena preso la Barbie. È come uno spruzzo di acqua fredda direttamente in faccia. Il mio orgasmo però è ancora lì, sospeso come una spada sopra la mia testa, pronto a crollare da un momento all'altro.

Ma prima ancora che possa continuare, Mal si china su di me con tutta la forza del suo corpo duro e cesellato. "Stai zitto, tesoro," fa le fusa, con la voce bassa e gli occhi fissi nei miei.

E poi lo sento. La grossa testa della sua virilità preme contro il mio ingresso.

Wow, sta succedendo davvero, non è vero?

Non ha idea che io sia vergine, e se ci fosse tempo per dirglielo, sarebbe questo. Ma ancora non dico nulla. Mi mordo il labbro inferiore mentre lui si spinge in avanti con i fianchi e scivola dentro di me.

La sensazione è qualcosa che non ho mai provato prima ed è impossibile da descrivere. Dolore e piacere fluiscono dentro di me mentre mi allarga. Mi sento stirata e mi viene voglia di stringergli le gambe addosso, ma resisto. No, non farlo, stupida stronza! Ti odierà! Le allargo ancora di più, allungo la mano e afferro dargli quei muscoli enormi e forti sotto le braccia... quegli enormi muscoli della schiena, come si chiamano?

Lat! Si chiamano lat.

I suoi sono enormi e grossi, proprio come il suo cazzo, che sta spingendo dentro di me come se fossi abituato a questo genere di cose. E perché dovrebbe pensare qualcosa di diverso? Non gli ho dato alcun motivo per farlo.

"Gesù, sei stretto", geme, chiudendo gli occhi e inclinando la testa all'indietro verso il soffitto.

Le sue parole mi riempiono di elogi, come un cucciolo appena nato a cui viene insegnato un nuovo trucco dal suo proprietario. Non ho mai avuto un ego prima, ma forse sto iniziando a coltivarne uno adesso. Se qualcuno potesse rendermi anche solo leggermente arrogante, sarebbe quest'uomo. Questo Adone d'uomo.

Sposto le mani dai suoi dorsali al davanti, usando la punta delle dita per tracciare le linee del suo corpo, dai pettorali fino agli addominali scolpiti. È come una lezione privata di anatomia maschile.

La sensazione del suo cazzo dentro di me è travolgente. Mi sento ancora teso ad ogni singola spinta, ma il dolore sta diminuendo, anzi, è quasi scomparso, lasciandomi con nient'altro che ondate di piacere su cui galleggiare. È come sdraiarmi sulla schiena nell'oceano più meraviglioso del mondo mentre l'uomo più incredibile del mondo fa ciò che vuole con me. Chi potrebbe anche solo immaginare uno scenario del genere?

Sempre di più, sempre più velocemente. Mi pompa come una bestia selvaggia, abbassandosi su di me come se fossimo amanti da anni.

"Ecco fatto, dolcezza", mi ringhia all'orecchio. "Prendilo. Prendi ogni singolo centimetro."

"Non avrei mai pensato... non avrei mai pensato di poter..." ammetto.

"Prendi la pillola?"

Non dovrei assolutamente lasciare che quest'uomo a caso entri dentro di me. Ma non c'è nemmeno alcuna possibilità che io possa fermarlo. "Sì", dico con fermezza.

"Bene" è la sua risposta mentre le sue spinte diventano più veloci. Sento il suo cazzo diventare in qualche modo più grande dentro di me, il che non sembra possibile. I suoi colpi vanno più in profondità, facendomi piangere. E poi succede.

C'è uno spruzzo caldo e appiccicoso che si scatena dentro di me, ricoprendo ogni centimetro di me in una volta. E questo è tutto ciò che serve. Il mio orgasmo che incombe pericolosamente su di me, pronto a crollare in un attimo, trafigge brutalmente il mio centro. Ogni muscolo del mio corpo si tende allo stesso tempo. I miei fianchi si sollevano dal divano e getto le gambe attorno alla vita di Mal mentre il suo sperma caldo viene pompato dentro di me. Mi sta allevando, penso. A chi importa se prendo anticoncezionali? Questo è ciò che la natura vuole che accada in questo momento.

I suoi gemiti sono così caldi, così sensuali. Lupo. Orso. Tigre. Leone. I nomi di ancora più animali mi attraversano la mente mentre mi prende e rivendica i suoi diritti su di me, facendomi sentire così piccola e indifesa.

Cosa mi succede stasera?

Faccio un respiro profondo mentre la presa che il mio orgasmo ha su di me inizia a indebolirsi, e alzo lo sguardo verso Mal mentre anche lui inizia a scendere. I suoi occhi si concentrano delicatamente su di me mentre mi scosta i capelli dal viso e me li sistema dietro l'orecchio come fanno in quei film romantici di Hollywood, e sento le farfalle che mi nuotano nello stomaco.

"Beh, è stato incredibile." Sorride, apparendo in qualche modo ancora più affascinante di quanto sia apparso per tutta la notte. "Sei incredibile."

"No, lo sei," ridacchio, puntandogli un dito civettuolo. Lui sorride e mi dà un bacio sulla guancia in stile fidanzato. Posso sentire il suo cazzo flettersi dentro di me mentre lo fa.

"Stai bene, Nadia?" lui chiede.

"Certo che lo sono!" Sorrido, ancora travolto dal calore post-orgasmico che avvolge tutto il mio corpo. "Perché non dovrei esserlo?"

"Non lo so", risponde, inclinando la testa di lato. "C'è proprio questo sguardo sul tuo viso..."

Dovresti dirglielo. Questo è il momento giusto per dirglielo. Entrambi abbiamo appena condiviso qualcosa di incredibile e, se non glielo dico adesso, avrà la sensazione che gli sto nascondendo qualcosa o, peggio ancora, che gli ho mentito. Preghiamo solo che non senta la notizia e decida di lasciarmi.

"Bene, Malcom–"

"Mal", mi corregge con il sorriso più dolce che l'uomo conosca. Io sorrido e faccio un respiro profondo.

"Beh, Mal, io... non l'ho mai fatto prima."

Mal apre la bocca ma si ferma un attimo. "Mai fatto cosa prima?"

"Quello", rispondo, facendo con le mani una specie di stupido movimento per lavare i piatti che ci abbraccia entrambi. «Sono vergine... ero vergine. Fino a poco fa.»

Capitolo 6

Malcolm

Mio padre era completamente devoto a mia madre. Ha fatto tutto per lei, e non in aoh, anche lui è uno di quei ragazzi in un certo senso. Non la seguiva in giro come un cucciolo, non le permetteva di camminargli addosso o semplicemente di portare la sua carta di credito al centro commerciale per rallegrarle la giornata, e non si svegliava la mattina per prepararle la colazione ogni mattina. volta che litigavano per ammettere che aveva torto anche quando non lo faceva solo per mantenere stabile la famiglia.

Era semplicemente un brav'uomo. Era pratico e quando non era al lavoro alla segheria, a spostare il legname, era a casa a sistemare la casa. E ragazzo, è stato un aggiustamento della tomaia. I miei genitori non avevano molti soldi quando si sono messi insieme, ma mio padre assicurò a mia madre che si sarebbe impegnato così tanto in questa cosa che sarebbe stata altrettanto bella, se non migliore, di tutte le altre case del mondo. il blocco.

Mia madre per lo più si prendeva cura di me e di mia sorella Nikki, ma ogni tanto faceva volontariato in biblioteca. Devo uscire di casa, Frank, gli diceva. Hanno assunto una babysitter di nome Kay, che è piaciuta molto a entrambi e abbiamo pensato che tutto fosse fantastico. Pensavamo che tutti fossero felici.

Ma cosa sai veramente del matrimonio dei tuoi genitori quando sei solo un bambino? Non sai nemmeno veramente cosa significhi la parola imbroglio. Quindi, quando mio padre venne da me e mia sorella quella notte, quella notte piovosa, e ci disse che la mamma se ne sarebbe andata, nessuno di noi due sapeva come elaborare la cosa.

"Una vergine?" chiedo, sentendomi come se mi fosse appena stata data la risposta a una domanda banale che non sono sicura sia corretta. "È quello che hai appena detto, vero?"

Nadia annuisce e la mia mente entra in piena potenza di elaborazione mentre cerco di decidere se è tornata o meno nella sua modalità sputafuoco e mi sta semplicemente prendendo di nuovo in giro. Ma poi ripenso a quel momento in cui sono entrato in lei e ho premuto dentro. Era tesa, incredibilmente tesa. E all'inizio pensavo che avesse semplicemente la figa di una dea.

Ma poi c'è stata quella piccola pressione in più, poi il pop e tutto ha ceduto. Bady era quella la sua ciliegia? Ho davvero rivendicato la ciliegia di questa ragazza?

"Sì, Mal, è quello che ho detto." Nadia mi guarda, i suoi occhi pieni di nient'altro che sincerità. Non vedo nulla che suggerisca che stia scopando con me in questo momento. Non c'è motivo di credere che dovrei sospettare di disonestà.

"Ma... perché non hai detto niente prima?" Chiedo. Nadia alza le spalle, l'ombra di un sorriso sulle labbra. "È così che volevi perdere la verginità?"

"Non lo so, in realtà", risponde. "So che non volevo perderlo con Bady, quello stronzo con cui uscivo e che mi ha tradito."

Qualcosa di simile a una risata si fa strada dalle mie labbra e annuisco in completo accordo. "Sì, mi sembra una scelta saggia, ma..."

"Perché... sei arrabbiato perché hai preso la mia verginità, Mal?"

"NO!" Dico velocemente, avvolgendo la mia tenera principessa tra le braccia. "Assolutamente no."

"Bene", dice. "Vedi, questo è uno dei motivi per cui non te l'ho detto. Ho sentito che alcuni ragazzi non vogliono prendere le v-card delle ragazze.

Ancora una volta, devo ridere. Scuoto la testa. "Non è quello. Volevo solo assicurarmi che tutto andasse bene per te.

Nadia ridacchia. Dio, è davvero bella. Quali sono le probabilità, mi chiedo, che io e lei siamo al bar la stessa sera stasera? Sento qualcosa nel petto quando la guardo, ma lo respingo subito. No, non quello, stupido figlio di puttana.

"Oh, è stato fantastico per me", dice Nadia con un sorriso e una risata. "Sai davvero cosa stai facendo."

"Bene, grazie", rispondo. Dovrei ringraziarla per questo? Non ne sono proprio sicuro, ma sembra la cosa migliore da dire in questo momento.

"Quanti anni hai comunque?"

"Ventinove." Sorrido. Vedo i suoi occhi illuminarsi come se le avessi appena detto che ha vinto alla lotteria. "È una buona cosa, immagino?"

Lei annuisce, facendo appena capolino la punta della lingua tra i denti. "Oh sì."

"Immagino che sia vero: alle ragazze piacciono davvero i ragazzi più grandi."

"Beh, non posso parlare per tutte le ragazze, ma questa ragazza lo fa. E ai ragazzi più grandi piacciono le ragazze più giovani, immagino?»

"Bene, quando ti somigliano?" Sorrido, mi avvicino e pianto un bacio sulle sue labbra che sono a dir poco perfette.

Entrambi emettiamo un sospiro di perdita mentre scivolo fuori da lei e prendo la posizione di un grande cucchiaio accanto a lei sul divano, cullando la sua graziosa testolina nel mio braccio. Sono ancora piuttosto duro e potrei restarlo se continuo a scrutare il suo corpo sexy con gli occhi.

"Non voglio essere quel ragazzo", le dico. "Allora perché non rimani per la notte?"

Nadia scuote subito la testa. "Non voglio essere quella ragazza, quindi no. Portami a casa subito."

Lei salta in piedi, facendo tremare magicamente le sue tette, e inizia immediatamente a vestirsi. Mi siedo velocemente e le allungo i palmi delle mani.

"Whoa, whoa, non devi farlo. Davvero non mi dà fastidio, Nadia. Ha davvero la sensazione di dover uscire? Come se sarebbe un grosso disagio? Ha appena perso la verginità con me, per l'amor di Dio. "Voglio che tu rimanga-"

Proprio mentre si sta agganciando il reggiseno, si ferma e mi lancia un'occhiata. Prima sorridono i suoi occhi, poi le sue guance, infine le sue labbra, esponendo i suoi denti nel più grande sorriso mangiatore di merda che le abbia mai visto.

"Ho capito." Lei mi fa l'occhiolino, puntandomi le pistole con il dito.

"Oh, stronza!" Salto dal divano e la prendo tra le mie braccia, lei ridacchia, io rido, mentre la porto in camera da letto e sbatto la porta dietro di noi.

Capitolo 7

Nadia

Bady sarebbe davvero geloso se lo scoprisse.

Questi sono i miei primi pensieri quando mi sveglio nel letto di Mal, fissando il soffitto bianco sporco, leggermente sudato, con la figa dolorante per le attività della notte scorsa.

Non era nemmeno la prima volta da cui mi riprendevo. Oh no. È stata di nuovo la volta in cui mi ha portato in camera da letto, di nuovo la volta in cui mi sono svegliata arrapata nel cuore della notte e ho deciso di essere quella ragazza e svegliarlo con un pompino che si è trasformato in altro sesso, e di nuovo la volta in cui c'era un accenno di sole che entrava dalle tende quando facevamo sesso con il cucchiaio in cui lui si aggrappava alle mie tette per tutto il tempo e mi baciava il collo, facendomi sentire come se fossi stato scopato da un vampiro.

Eccezionale. Tutto è stato fantastico.

No. Non è una parola abbastanza forte. Sorprendente. Fantastico. Incredibile. Meraviglioso. Meravigliosa. Impressionante. E al diavolo chiunque dica che Mal è troppo vecchio per me, o che mi sta prendendo di mira, o che non dovrei stare con lui per qualunque ragione intellettuale riescano a inventare.

La natura mi sta urlando di smettere di prendere la pillola anticoncezionale così posso avere i suoi bambini. Mi piacerebbe vedere come sarei con una grande pancia incinta, e non so ancora nemmeno cosa voglio fare della mia vita. Non ho nemmeno la mia merda insieme.

È questo amore a prima vista? O sono semplicemente inondato di endorfine per aver perso la verginità e avermi fatto schiantare il cervello da un completo Adone? Non lo so. Quello che so è che ho bisogno di un po' di tempo per riprendermi, un po' di tempo per pensare a tutto questo, e probabilmente Mal non vuole che qualcuno si appiccichi a casa sua tutto il giorno, quindi gli lascerò davvero accompagnarmi a casa più tardi. L'ultima cosa che voglio fare è potenzialmente rovinare ciò che abbiamo fatto finora.

Lancio un'occhiata alla mia destra, aspettandomi di trovare Mal profondamente addormentato accanto a me, ma tutto ciò che vedo è un lato vuoto del letto e un cuscino con una rientranza. Mi siedo e poi sento il rumore dal piano di sotto: i suoni della cucina.

Faccio scendere velocemente le gambe dal letto, vado in bagno, mi spruzzo un po' d'acqua sul viso e faccio qualcosa con i miei capelli per non sembrare uno spaventapasseri, poi mi vesto. Trovo Mal in cucina che prepara le uova, con accanto una pila di bacon già cotto e una pila di toast. Mi sorride mentre entro dalla porta.

"Pensavo che l'odore della mia incredibile cucina potesse svegliarti."

"Oh, sei Gordon Ramsay adesso?" scherzo.

"Dannazione, è vero", risponde, assumendo un accento britannico che in realtà è abbastanza decente. «E se non porti il culo qui adesso, signorina, ci saranno delle conseguenze. Conseguenze serie, fottute.»

"Ooh." Sorrido, ondeggiando i fianchi mentre mi avvicino a lui mentre mescola le uova. "Mio caro culetto, vuoi dire?"

Gli occhi di Mal si illuminano e lui annuisce, facendo scivolare una mano nei miei pantaloni per stringermi con decisione la guancia sinistra. "È come se potessi leggere la mia mente."

"È una caratteristica che ho. Semplicemente non lo dico alla maggior parte degli uomini. Diminuisce la forza dei miei poteri.

"Ovviamente." Mal ridacchia. «È perfettamente logico.»

Mi bacia in un modo che mi fa sentire come uno dei suoi averi, ma in senso positivo. In un modo meraviglioso. Indica dietro di me e mi chiede di passargli un paio di piatti, e io lo aiuto a servire la nostra colazione, poi a portarla al tavolo, che è ben situato vicino alle grandi doppie porte che si affacciano sul cortile ben curato. .

Mangiamo insieme e faccio del mio meglio per mantenere la mente concentrata sull'uomo che ho di fronte, ma non è possibile. Penso a come sarebbe gongolare e dare questa notizia a Bady e vedere l'espressione stupida sulla sua faccia stupida che non è stato lui a reclamarmi, penso a come sarebbe spiegare tutto questo a Sarah e se capirà o meno perché l'ho fatto. E mi chiedo se dovrei o meno dire qualcosa a Mal su quello che faremo io e lui da ora in poi.

Per fortuna, la colazione è fantastica – Mal è davvero un'ottima cuoca – e questo mi aiuta a mantenermi concentrato un po' su ciò che ho davanti. Quando entrambi abbiamo finito, laviamo i piatti nel suo enorme lavandino in stile fattoria. Provo a farli da solo da quando ha cucinato, ma non me lo permette.

"No, insisto", dice, quindi non c'è davvero niente che io possa fare. Quali sono le mie opzioni? Combatterlo? È il doppio di me! Allora cosa faccio? Proprio mentre sta finendo di usare la padella in cui ha cotto le uova, mi inginocchio e gli tiro giù i pantaloni. Immagino che non se lo aspettasse, perché sussulta mentre afferro il suo cazzo e lo prendo in bocca. Tuttavia, anche se non se lo aspettava, gli ci vuole meno di una manciata di secondi per diventare completamente duro e riempirmi le guance.

"Nadia, sei sicura di non averlo mai fatto prima?" chiede, guardandomi con un'ammirazione che sembra così incredibile. È come se mi venisse riversata addosso una pura lode fisica.

Non posso parlare, quindi gemo semplicemente in modo negativo e lo guardo con occhi che dicono "no" e continuo a succhiare. Finisce di strofinare e mette da parte la padella, poi si appoggia al lavandino e mi passa le dita tra i capelli. Sono per lo più asciutti ma ancora leggermente umidi, il che per qualche motivo mi eccita. Non saprei davvero spiegare perché.

Mi fanno male le ginocchia – il pavimento della sua cucina è di piastrelle dure – ma non mi lamento. Non provo nemmeno a riadattarmi. Continuo a fare il mio dovere, dondolando su e giù sulla sua calda e spessa virilità, finché non sento un battito e un gemito profondo dall'alto.

"Cazzo, tesoro, mi farai venire. Hai intenzione di deglutire per me?"

Annuisco meglio che posso, ma comunico soprattutto con gli occhi, certo che lo sono, cazzo. Ho una voglia disperata di assaggiarlo. Ho sentito tante storie da ragazze sul sapore dello sperma dei ragazzi, tante battute sull'opportunità di sputare o ingoiare, e so già che non sarò una di quelle ragazze che sputa. Semplicemente non lo sono.

"Diavolo sì, tesoro," ringhia, stringendomi la presa sui capelli.

Mi allungo e gli stringo le palle, puramente per istinto. Questo sembra farlo impazzire. Le sue palpebre sbattono e geme, segnalando un profondo piacere prima che arrivi il rilascio.

Il disordine caldo e salato si riversa sulla mia lingua, schizzando ovunque, ricoprendo l'interno delle mie guance mentre spruzza dalla punta del suo enorme cazzo. Ingoio e derido immediatamente dentro di me qualunque cosa le ragazze si siano mai lamentate del sapore dello sperma. Mal continua a venire e non ne ho mai abbastanza.

"Cazzo," ringhia, il suo cazzo pulsa mentre mi spruzza ancora della sua bontà in bocca. Continuo a deglutire obbedientemente finché non rimane più nulla da deglutire, poi aspetto finché non allenta la presa salda che ha sui miei capelli ed emette un sospiro di sollievo piacevolmente mascolino.

La punta del suo cazzo crea un piccolo schiocco quasi divertente mentre scivola fuori dalle mie labbra. Sorrido mentre mi alzo e vengo presa tra le sue braccia.

"Ti piace quello?" sussurro.

"I maiali amano le mele?"

«Io... non lo so. Fanno?" Probabilmente pensa che gli sto dando ancora filo da torcere, ma legittimamente non lo so.

Mal semplicemente ridacchia in risposta e mi bacia direttamente sulla fronte mentre mi liscia i capelli. Mi prende per mano e mi conduce verso il divano, ma prima di arrivarci gli comunico la notizia.

"A dire il vero, probabilmente dovrei portarmi a casa adesso, se non ti dispiace," dico, facendo sembrare che io abbia assolutamente alcune cose da fare, cosa che non è. Ancora una volta, non voglio davvero essere quella ragazza che resta oltre il tempo previsto.

"OH?" chiede Mal, sembrando sorpreso. "Giornata impegnativa oggi?"

"Sì." Annuisco. "E non voglio metterti nei tuoi capelli."

"Oh, non saresti tra i miei capelli-"

È gentile. Io posso dire. "Lo squallido padrone di casa come te?" scherzo. "Sono sicuro che hai tantissimi clienti di cui trarre vantaggio."

"EHI!"

Gli frugo in tasca e tiro fuori il cellulare. "Perché non ti lascio semplicemente il mio numero e, se vuoi metterti in contatto con me, puoi?"

"Se?" chiede Mal, con un sorrisetto sul volto. Rispondo con un'alzata di spalle.

"Ehi, con voi ragazzi non si sa mai. Forse non ti rivedrò mai più."

Quando Mal si ferma al mio appartamento, una parte di me vorrebbe dire: Ehi, sto scherzando, rimarrò qui per il resto della giornata! Ma sarebbe folle. Quindi mi chino sulla console centrale, lo bacio, poi scendo ed entro, sentendomi come avvolto in una coperta termica mentre salgo le scale verso il mio appartamento.

"Sono a casa!" Lo annuncio mentre vado in soggiorno e mi butto sul divano. Normalmente ricevo un bentornato, stronza! O un sarcastico, chi se ne frega? della mia compagna di stanza Bianca, ma oggi mi viene incontro il delizioso saluto del silenzio.

"Ciao?" Lo chiamo di nuovo. Ho visto la sua macchina giù nel parcheggio, quindi a meno che il suo ragazzo non sia venuto a prenderla (il che sarebbe strano considerando che dovrebbe essere al lavoro), lei dovrebbe essere qui. Alla fine, sento il rumore dei passi provenire dalla sua camera da letto e alzo lo sguardo e la vedo entrare nella stanza con l'aria di chi ha avuto una brutta mattinata o di qualcosa che ha bisogno di dirmi, il che mette un grosso freno alla mia grande storia da raccontare per questa mattina.

"Vai prima", dico.

"Che cosa?"

"Posso dire che hai qualcosa che vuoi dirmi", rispondo. "Quindi vai per primo, perché il mio lo racconterà nel frattempo."

"Oh", risponde Bianca. Non sorride nemmeno, quindi qualunque cosa sia, deve essere brutta. Sono un po' preoccupato, a dire il vero. Non è brava ad affrontare i traumi emotivi nella sua vita. "Bene, questo è il tuo preavviso di trenta giorni."

Mi ci vuole un secondo per capire cosa sta dicendo. Ma poi mi colpisce. Preavviso di trenta giorni. Questa stronza mi dà trenta giorni per uscire dall'appartamento - che tecnicamente è il suo appartamento dato che è lei quella in affitto - e trovare un nuovo posto in cui vivere. E pensare che ero solo preoccupato per come stava.

"Stai scherzando, vero?" Le chiedo, ma so che non lo è.

Gli occhi di Bianca sono concentrati sulle dita dei piedi. È sempre stata un po' spaventata. "Jeff mi ha chiesto di sposarlo e vuole che viviamo insieme, quindi..."

"Quindi gli hai detto che poteva vivere qui con te invece che con me."

Lei annuisce. Ha senso. Jeff è un vero pezzo di merda, che viene sempre cacciato dal posto in cui vive attualmente. Quindi immagino che sia successo di nuovo, e pensa che trasferirsi da Bianca sarà molto più facile che cercare un nuovo posto. E immagino che questo mi crei solo danni collaterali.

"Mi dispiace, Nadia. Lo sono davvero..."

"Sì, scommetto che lo sei", rispondo.

Capitolo8

Nadia

Trenta giorni dopo...

Beh, sembra che Malcom fosse la feccia della terra, dopo tutto. È passato un mese e ancora non ho sentito una sua parola. Quel figlio di puttana si è preso la mia verginità e non mi ha nemmeno chiamato. Onestamente Bady probabilmente mi avrebbe prestato più attenzione, anche se non fosse stato autentico.

Oltre a ciò, ho passato ventinove giorni a cercare un posto dove vivere e ho trovato una soluzione assolutamente assurda. Sembrava sempre più che avrei dovuto accettare la sconfitta e trasferirmi a casa con gli affitti, il che probabilmente sarebbe stata la cosa peggiore che potessi fare, considerando quanto male funziona la nostra famiglia quando ne faccio parte. Ma poi ho incontrato Caroline.

A differenza degli altri ragazzi con cui avevo incontrato, che erano tutti proprietari di casa (e ovviamente squallidi), Caroline è un'agente immobiliare e rappresenta proprietà che lei stessa non possiede. Mi ha mostrato un paio di posti fuori dalla mia fascia di prezzo: dopo tutto, cosa c'è veramente là fuori per una cameriera in difficoltà in questa economia? Ma poi mi ha mostrato una piccola unità davvero carina nella parte inferiore di una grande casa che era stata trasformata in appartamenti più piccoli, ed era proprio al massimo di quello che potevo pagare.

"Tutto è abbastanza tipico", mi ha detto mentre mi mostrava in giro. "Tutti gli altri nell'edificio devono andare alla lavanderia, ma tu hai la tua proprio qui nell'armadio."

"È incredibile", ho sorriso, esaminando la lavatrice e l'asciugatrice. Sembravano vecchi, ma Caroline mi ha assicurato che erano entrambi perfettamente funzionanti.

"Sai che tua nonna aveva sempre un vecchio mixer da cucina che sembrava uscito dagli anni '20? Bene, sono questi. Lei sorrise. "Sembra che non si rompano mai. Non avrai mai problemi con loro. E se succede qualche strano incidente, beh, hai sempre le unità condivise come backup.

Continua a mostrarmi l'appartamento, ma non la ascolto davvero. Voglio dire, lo sono, ma non lo sono davvero. Ho già deciso; Sto affittando questo posto. Sto firmando il contratto di locazione. E non è solo perché questo è l'ultimo giorno in cui devo lasciare la mia vecchia casa, che ora è diventata la casa di Bianca e Jeff. Avrei comunque affittato questo posto.

Ovviamente il fatto che domani sarò un senzatetto (o tornerò a vivere con i miei genitori da incubo) gioca un ruolo piuttosto importante nella mia decisione. Sono così felice di aver trovato questa unità e di non dover tornare a casa dei miei e affrontare i loro "te l'avevo detto" e farmi parlare come un bambino per tutto il tempo che mi sarebbe servito per trovare un altro posto dove vivere. Non so se pensano che parlarmi in quel modo mi aiuti davvero o se sono solo degli stronzi, e a questo punto della mia vita non mi interessa particolarmente capirlo.

"Bene, lo prendo!" dico con entusiasmo a Caroline. "Dove devo firmare?"

Caroline sorride, ma noto un accenno di... qualcosa nei suoi occhi. "Bene, c'è ancora qualcosina che dobbiamo fare prima che tu possa firmare il contratto." Oh Dio. Sapevo che era troppo bello per essere vero. "Non è niente di grave! Ma al proprietario piace incontrare ogni nuovo inquilino prima di affittare. Solo per un veloce incontro individuale. Dovrebbero volerci solo circa cinque minuti."

"Oh..." dico lentamente. "Per una partita a scacchi lampo o qualcosa del genere?"

Carolina ride. "No, no. Vuole solo conoscere tutti coloro che vivranno nel suo palazzo."

"Non si fida di te? Non è questo il tuo lavoro? Per trovare inquilini?»

"Lo è", concorda Caroline. "Ma dice di avere un grande intuito quando si tratta di persone, e vuole solo assicurarsi, immagino, che non mi sia perso nulla."

Caroline sta già tirando fuori il telefono e inviando un messaggio, presumibilmente al proprietario dell'edificio. Solo un altro stronzo della feccia della terra, immagino, sempre che somigli a Malcom. Almeno mantiene il suo edificio in ottime condizioni.

Il telefono di Caroline vibra e lei sorride.

"Eccoci qua. Dice che scenderà subito. Cinque minuti al massimo. Sai, se fossi in te, comincerei a portare qui le tue cose adesso."

"Veramente?" Chiedo. "Ma hai detto-"

"Ti amerà", dice, stringendomi il braccio. "So solo che lo farà. E se non lo fa? Poi ti aiuterò a riportare le tue cose in macchina. Che ne dici di questo suono?"

Onestamente? Mi sento come se potessi saltare su e giù e strillare di gioia. Una fantastica unità tutta per me, con la sua lavanderia, che arriva il giorno prima che io stia per essere sfortunato e debba ritirarmi a casa dai miei genitori? "Sembra fantastico." Sorrido restando in piedi.

Caroline e io andiamo alla mia macchina e iniziamo a prendere le cose. Ho praticamente già preparato tutto, sapendo che se questo non fosse stato il posto giusto, sarei dovuto tornare a casa dai miei genitori.

Trascino la mia valigia in camera da letto, che è dotata di un proprio giroletto (e mi toglie un'enorme quantità di stress), la lascio vicino all'armadio e apro la cerniera. Caroline arriva dietro di me e posa una piccola scatola.

"Penso che ci siano delle grucce?"

"Sì, lo fa." Sorrido. "Grazie mille. Questo è un grande aiuto."

"Non è un problema", risponde. "Mia madre dice che sono un aiutante naturale. Mi piace aiutare le persone, proprio come lei.

Rispecchio il suo sorriso, ma è difficile quando mi viene in mente l'immagine della loro famiglia idilliaca, come se deridesse quella che macchia per sempre la mia ogni volta che penso a come sono cresciuto e a

come stanno le cose ogni volta che sono costretto a tornare a casa per un
visita.Voi andate tutti così meravigliosamente d'accordo, vero? Ti hanno
cresciuto così bene, vero?

Sono geloso di lei, ma ho imparato molto tempo fa a non lasciare che
la mia gelosia si trasformi in risentimento. Caroline è stata nient'altro che
gentile con me. Se non fosse stato per lei, non avrei questo appartamento.
E anche se indossa un vestito elegante, si trascina dentro le mie scatole.
Sua madre l'ha chiaramente cresciuta bene.

All'improvviso, alle sue spalle, sento il rumore della porta d'ingresso
che si apre. Nessun bussare in anticipo, nessun campanello. La porta si
apre semplicemente seguita dal suono di passi chiaramente maschili che
entrano nell'appartamento.

Le sopracciglia di Caroline si alzano e sussurra: "È lui. Venga con
me."

Si gira ed esce dalla camera da letto. Faccio un respiro profondo
prima di seguirla.

Io sono nervoso. Non dovrei esserlo. Mi ha solo assicurato che gli
piacerò e che tutto andrà bene, ma comunque. E se così non fosse?

Ancora un respiro profondo, esco dalla camera da letto e vado in
soggiorno e rimango immediatamente congelato mentre un giavellotto
di puro panico mi trafigge dritto al petto.

Lì, in piedi accanto a Caroline, vestito in modo casual, con il
cellulare in mano, bello come sempre, c'è Malcom.

Una sorta di riconoscimento si legge sul suo volto, ma non so dire
esattamente cosa.

Caroline si gira e alza una mano verso di me. "Malcom, questo è..."

Ma prima che possa finire, Malcom sorride e annuisce.

"Sì, ci siamo incontrati", dice. "Ciao Nadia."

Capitolo9

Malcolm

Non ho mai capito l'effetto che il divorzio dei miei genitori ha avuto su di me finché non sono diventato più grande, finché non mi sono innamorato per la prima volta. Avevo diciotto anni e lei si chiamava Tina. Abbiamo fatto tutte le cose che fa una coppia di adolescenti quando è innamorata: siamo andati al cinema, abbiamo girato in macchina e parcheggiato, siamo andati al ballo di fine anno, siamo andati al ballo di fine anno, le ho persino comprato un vestito con il extra soldi che stavo guadagnando con il giardinaggio laterale. Era fantastico.

Non abbiamo mai litigato davvero. Tutti i miei amici erano gelosi perché pensavano che fosse "così dannatamente sexy" e quando è arrivato il momento di pianificare quali college saremmo andati, abbiamo deciso di andare insieme alla UCLA. Sarebbe un bel cambiamento rispetto al New Hampshire, e non dovremmo sentirci la mancanza l'uno dell'altro o preoccuparci l'uno dell'altro. Fu allora che i miei problemi sollevarono la loro brutta testa.

Ma cosa succede se le cose non vanno come previsto? E se uno di noi incontra qualcuno che ci piace di più? È una grande scuola; come potremmo sapere cosa succederà tra quattro anni? E se cambiasse molto durante il suo primo anno? Tutti dicono che è quello che succede quando vai al college. E se decidessimo di non amarci più?

Tutte le mie preoccupazioni mi colpiscono come un camion. Allora cosa ho fatto? Ho rotto con Tina, ho ritirato la mia iscrizione all'UCLA e invece sono andato a Dartmouth.

Voleva uccidermi, ovviamente, e mi sentivo malissimo per questo. Continuava a chiedermi perché, ma non potevo darle una buona risposta. Non avevo ancora diciannove anni: come avrei potuto spiegarle i miei problemi psicologici più profondi? Come avrei spiegato che pensavo che mi avrebbe lasciato come mia madre ha lasciato mio padre? All'epoca non lo sapevo nemmeno del tutto.

Mi ci sono voluti anni per capire che questo è il motivo per cui non ho mai avuto una relazione seria in vita mia. È anche il motivo per cui non chiamo Nadia dall'ultima volta che l'ho vista.

Volevo. L'ho fatto davvero. Non riesco nemmeno a contare quante volte ho preso in mano il telefono, sono andato dal suo contatto, ho posizionato il pollice sull'icona del quadrante, quindi ho gettato di nuovo il telefono da parte con un sospiro.

Se la chiamo e la rivedo, mi innamorerò, ho pensato. E poi tutte quelle domande, le stesse domande che prima mi terrorizzavano, tornarono di corsa e inondarono la mia mente come una pioggia torrenziale.

"Bene, bene, bene", dice Nadia, con un sorriso e un'occhiataccia perfettamente amalgamati sul viso. "Guarda chi cazzo è."

Caroline lancia un'occhiata a me, a lei, poi di nuovo a me. "Io... probabilmente dovrei andare", dice, appoggiando il tablet sul tavolo. "Il contratto di locazione è qui per qualunque cosa tu decida, Malcom. Arrivederci, Nadia!"

"Ciao", dice Nadia con un sorriso forzato. "Grazie mille per il tuo aiuto, Caroline."

Caroline si fa invisibile e riesco praticamente a sentire i laser mortali che escono dagli occhi di Nadia mentre mi fissa. Di solito sono abbastanza bravo con le persone - aiuta la mia professione - ma per la prima volta da molto tempo non so davvero cosa dire, quindi dico solo la prima cosa che mi viene in mente.

"Come stai?"

Nadia si fa beffe come se le avessi appena raccontato la barzelletta più offensiva del mondo. Sbagliato. "Come sto?" ripete. "Io come sono? Stai scherzando, vero?"

"BENE-"

"Non ti sento da un mese e la prima cosa che mi chiedi è come sto?"

"Beh, è meglio di una battuta scadente, giusto?" sorrido. Forse qualche buon fascino vecchio stile funzionerà su di lei. Dubbioso, ma forse.

"Una linea di ritiro?" chiede, stringendo gli occhi. "Perché avresti bisogno di una battuta, Malcom? Abbiamo già fatto sesso, ricordi?»

"Si Ricordo-"

"Hai preso la mia verginità! Ricordati che?"

"Certo che sì", rispondo. Bady, mi ha già messo sulla difensiva. "Come potrei mai dimenticarlo?"

"Quindi prendi la verginità di una ragazza e poi non la richiami mai più", dice Nadia, agitando le mani in aria. "Come ho detto, sei davvero la feccia della terra."

Faccio un passo avanti verso di lei. Il profumo del suo sapone mi riempie i polmoni, riportandomi immediatamente a quella notte che abbiamo trascorso insieme. "Probabilmente dovresti rilassarti, Nadia. Sai che questa è un'intervista individuale, vero?" le chiedo. "Dove praticamente devi impressionarmi, quindi ti affitterò questo posto?"

"Oh, me lo affitterai", sbotta Nadia.

"Lo sono, vero?" Rispondo. "E come fai a saperlo?"

"Perché sei in debito con me", dice. Bady, è proprio una sputafuoco come la ricordavo, e mentre sta lì a fissarmi, con le braccia incrociate sotto quelle sue tette paffute e perfette, sento che mi sto eccitando.

So che glielo devo. Non c'è assolutamente alcun modo in cui potrei sostenere che non lo faccio. L'ho completamente fregata. Quello che ho fatto mi colloca di diritto nella categoria di quel suo fidanzato di merda e traditore... beh, forse un gradino sotto, ma vicino. Ma ancora, non posso arrendermi e riconoscerglielo. Quindi inclino la testa di lato e faccio schioccare la lingua contro i denti inferiori.

"Sono in debito con te?" Chiedo. "Come immagini?"

Sto davvero spingendo fino a qui, dannatamente, e posso vederlo quando guardo il fuoco divampare nei suoi occhi.

"Vorrei possedere un'arma", dice Nadia. «Come mio padre figlio di puttana. Quindi potrei spararti in faccia la tua faccia compiaciuta proprio adesso.

"Non hai una mazza portachiavi?"

Ci pensa un attimo, poi punta l'indice in aria. "Sai cosa-?" Si gira, ma prima che possa effettivamente fare un movimento verso la borsa, mi avvicino e la avvolgo tra le braccia. E Dio lo fa sentire bene.

Il profumo nei miei polmoni, il calore contro il mio corpo, la sensazione di quanto sia piccola la sua vita e la pressione paffuta delle sue tette da diciottenne contro il mio petto mentre mi batte contro con i pugni e grida per la sua libertà.

"Togliti dal cazzo!"

"Smettila di fingere che non ti piaccia," ridacchio, aumentando la pressione con cui la stringo.

"Oh, okay, signor predatore sessuale."

"Un secondo fa ero il signor Abbandono", dico. "Adesso sono il signor Predatore sessuale? Cos'è questo? Pensavo che volessi le mie mani su di te?"

Immediatamente Nadia smette di dimenarsi. "Hai ragione, papà. Portami. Prendimi adesso."

Mi guarda con gli occhi più conflittuali che abbia mai visto. Sarebbe il sesso peggiore che tu abbia fatto in vita tua, stronzo. Questo è quello che mi sta dicendo. E non ho dubbi che lo sarebbe anche, nonostante sia ancora la donna più meravigliosa che abbia mai camminato sulla terra. Avrebbe trovato un modo per entrare nella mia testa, per farmi sentire come se le stessi rovinando le cose: qualunque cosa fosse mi avrebbe portato così fuori dall'esperienza che semplicemente non sarei stato in grado di divertirmi. Sarebbe una catastrofe.

"Va bene", rispondo, lasciandola andare. Prendo il tablet e glielo porgo. "Il posto è tuo."

Sorridendo, come se mi avesse appena sconfitto nella più grande battaglia di volontà del mondo, Nadia scorre fino alla fine del contratto di locazione e allunga il dito per firmare. "A una condizione", aggiungo.

Fa una pausa e i suoi occhi si fissano nei miei.

"OH? E cos'è quello?"

"Cambio l'affitto", dico con un sorriso machiavellico che le fa abbassare le spalle e il suo viso inizia a trasformarsi in pietra.

"Malcom", dice lentamente. "Non posso permettermi altro... posso a malapena permettermi questo così com'è-"

"Lo abbasso", rispondo. "In effetti, sto rimuovendo completamente l'affitto."

"Oh, vaffanculo..." Nadia non è una stupida. Lei vede dove stiamo andando a parare.

"Se-"

"Vai a farti fottere, Malcom."

"Se fai sesso con me ogni singola notte." Sorrido, afferrando il rigonfiamento che si sta già formando nei miei pantaloni. "E due mattine alla settimana."

Capitolo 10

Nadia

Cosa sta facendo Bady in questo momento? Proprio in questo momento? Mi chiedo. È passato un mese da quando io e lui ci siamo lasciati, e dubito che sia ancora con Jamie (almeno in modo serio comunque), quindi mi chiedo cosa stia facendo. Non è che stia soffrendo per le prospettive. È dispiaciuto per quello che mi ha fatto? Pensa davvero a me, o è solo una testa di cazzo sociopatica che si sente ancora sconfitta per il fatto di non essere stato il primo a mettermi il cazzo dentro?

Perché a quanto pare è questo che interessa agli uomini: infilare il cazzo nelle donne. Pensavo davvero che Malcom fosse qualcosa di più dopo che ci siamo incontrati, ma immagino di no. Il fatto che non mi richiamasse era il primo passo per dimostrarmelo, ma questa piccola trovata di offrirmi un affitto gratuito per scoparlo regolarmente è il secondo passo.

"Sei davvero un pezzo di merda, vero?" chiedo, sentendo che il mio cuore inizia a spezzarsi. Alzo la tavoletta, pronto a scagliargliela addosso. Onestamente non me ne potrebbe importare di meno a questo punto. Tutto ciò a cui penso adesso è la mia mira e se riesco o meno a frantumargli il cranio con un lancio simile a un frisbee. "Sai, pensavo davvero che fossi un essere umano decente..."

Tiro indietro il braccio, immaginando la testa di questo stronzo che ruba verginità, schiaccia il cuore e avvelena l'anima, che si apre come un'anguria quando lo avvolgi con troppi elastici—ma proprio prima che possa farlo, Malcom alza entrambe le mani in qualcosa di simile resa.

"Aspetta, aspetta, aspetta, aspetta, Nadia! Stavo scherzando! Era uno scherzo, ok!?" In realtà sembra sincero, quindi mi trattengo. "Cavolo, non avrei mai pensato di doverlo dire, ma va bene, in realtà ti addebiterò l'intero prezzo dell'affitto."

Sorride e dal modo in cui le sue labbra si curvano capisco che in realtà stava scherzando. Lentamente, molto lentamente, abbasso il tablet e faccio un respiro profondo.

"Dovresti davvero smettere di affittare immobili e dedicarti alla cabaret, Malcom. Potresti detronizzare tutti".

Malcom sorride. "Tu la pensi così?"

"NO." Gli mostro l'area della firma in fondo al contratto di locazione. "Quindi è qui che firmo?"

Lui annuisce. "SÌ."

Scrivo velocemente il mio nome prima che possa tirarmi addosso altre stronzate. «Semplicemente non aspettarti sesso quotidiano, okay? Oranysex, del resto."

"Mi hai tolto le parole dalla bocca", dice mentre gli passo il tablet.

"Mi scusi?"

"Beh, sappiamo entrambi quanto ti scopo bene," sbuffa. "Non vorrei che ti affezionassi a me e che venissi a casa mia a tutte le ore della notte, svegliandomi da un sonno profondo e cose del genere."

Non sono mai stata una ragazza con problemi di rabbia prima. Sono sempre stato molto equilibrato. Immagino che sia il risultato dell'essere cresciuto con un padre che ha la tendenza a scattare praticamente davanti a tutto e ad arrossarsi per cose che tenderebbero semplicemente a infastidire la maggior parte delle persone. Ma in questo momento, mi sento come se ogni organo del mio corpo fosse pronto a ribollire e uscire dalla mia bocca come un vulcano in eruzione.

Voglio strappargli via quella stupida, splendida faccia del cazzo, dargli un calcio nelle palle e colpirlo forte in testa con qualcosa. Voglio urlare a crepapelle. Ma non voglio nemmeno fargli sapere quanto mi ha fatto arrabbiare (e mi sta facendo). Quindi, invece, faccio un passo avanti e lo guardo con un'espressione compiaciuta sul viso.

"Sai perché penso che non potevi chiamarmi negli ultimi trenta giorni, Malcom?" Chiedo.

Non se lo aspettava, posso dire, ma nasconde subito la reazione.

"No, ma scommetto che me lo dirai."

«Perché questo» - passo lentamente la mano nello spazio tra le cosce come una spogliarellista che sta mettendo su uno spettacolo per uno dei suoi clienti - «era semplicemente troppo bello per te da gestire, e sapevi che se avessi avuto un altro assaggio, avresti essere dipendente."

Pensavo che Malcom avrebbe riso, sorriso o reagito in una sorta di modo semi-esuberante e combattivo come sono abituato, ma con mia sorpresa, la sua mascella si abbassa lentamente leggermente, e lui si limita a guardarmi per un momento prima di acciugliarsi e scuotere la testa.

"Donne. Sempre pieni di sé". Poi si allontana da me e si dirige verso la porta.

"Mi scusi?"

"Te ne stamperò una copia e domani te la farò portare da Caroline", dice mentre esce. "Ma è tutto a posto. Sentiti libero di continuare a trasferire le tue cose. È un edificio in cui non sono ammessi animali, ma sono sicuro che te ne abbia informato.

Con la pressione alta, lo seguo fuori. "Le donne sempre piene di sé? L'hai appena detto davvero?"

Malcom preme il telecomando per sbloccare la sua Maserati e apre la portiera. Lui torna a guardarmi e sorride. "Cosa, vuoi davvero avere un dibattito con me adesso, Ellen?"

"Ellen? Chi sei, Tucker Carlsen?»

Malcom ride, sale in macchina e si allontana, lasciandomi da sola fuori dal mio nuovo appartamento, sentendomi molto meno soddisfatto di quanto dovrei sentirmi in questo momento. Dovrei essere felice, sollevato, entusiasta di andare nei negozi dell'usato per comprare mobili e soprammobili per abbellire il posto e renderlo mio, per renderlo una casa, ma invece sono incazzato. Mi chiedo se ho giudicato completamente male Malcom, se ho dato la mia verginità all'uomo sbagliato e perché diavolo sono andata a letto con lui tanto per cominciare.

È quasi l'una di notte quando sarò completamente sistemato e disfatto. Odio assolutamente trasferirmi. Non c'è niente di peggio che trasferirsi, ne sono convinto. Oltre a cose come la tortura e la prigione, ovviamente. Ma sto parlando di cose della vita normale per persone normali che non sono criminali e non vengono mandate in guerra. Poi è il trasloco o il dover fare un doppio turno che diventa quindici ore quando sei stato chiamato all'improvviso per aprire quando ti hanno detto che era il tuo giorno libero, e quella cameriera che ti odia per ragioni che ancora non riesci a capire lo è anche lavori e ha deciso di renderti la vita un inferno oggi perché il suo ragazzo l'ha lasciata.

Ma davvero, è ancora in movimento. È il peggiore.

Quindi sono sdraiato sulla trapunta e sulla pila di coperte che mi serviranno da letto stasera finché non riesco a trovare un vero materasso qui, fissando il soffitto, cercando e fallendo di pensare ad altro che a Malcom. Ma è impossibile togliermelo dalla mente.

Perché non mi ha chiamato? In realtà non mi ha dato una ragione, e io sono un discreto giudice del carattere. Voglio dire, sapevo che Bady non era davvero preso da me. Sapevo che Bianca aveva brutte notizie per me quella notte quando tornai a casa. In genere so che c'è un dramma in atto prima che qualcuno venga allo scoperto e spettegola al riguardo.

Allora perché non sapevo che Malcom mi stava semplicemente usando? Semplicemente non ha alcun senso. A meno che, ovviamente, Malcom non sia solo un altro giocatore come Bady, ma neanche questo mi sembra giusto.

Mi siedo, prendo le chiavi e corro fuori verso la macchina. Non dovrei farlo, e lo so, ma inizio comunque a guidare verso casa di Malcom. È notte fonda e sembrerò una vera stronza psicopatica quando mi presenterò lì a chiedere risposte, ma so anche che le probabilità che io riesca a dormire senza una manciata di farmaci da prescrizione (il che non è qualcosa che faccio), è circa lo zero per cento. Oltretutto il contratto di locazione è già stato firmato e io e lui abbiamo un... rapporto speciale. Non mi caccerà fuori il primo giorno per essermi presentato e aver iniziato a fare qualche cazzata. È lui?

Non ci vuole molto per raggiungere casa sua, ma è abbastanza perché gran parte della mia sicurezza svanisca. Pensavo che avrei potuto semplicemente abbattere il vialetto e marciare fino alla sua porta di casa, ma, in modo imbarazzante, quello che alla fine succede è che mi fermo e parcheggio a circa un isolato di distanza e guardo le luci che sono ancora accese nel cortile. windows.A quest'ora, coglione?Che fai ancora?

E' così umiliante. Tutto quello che è successo tra me e Malcom è stata una cattiva scelta. C'è una tensione nel mio petto che sembra espandersi, stringendomi come il pugno di un uomo davvero grosso intento a schiacciarmi fino a ridurmi in pasta di Nadia. Dovrei davvero andare a casa. So che. E sto per farlo, davvero, ma è in quel momento che si ferma l'auto con la bella ragazza.

Una ragazza meravigliosa. Anche se ha i capelli raccolti, indossa trucco e rossetto che la fanno sembrare una modella. Fa esattamente quello che volevo fare e si ferma davanti alla porta di Malcom, parcheggia, scende e marcia fino a casa sua, indossando una gonna nera attillata e dei tacchi che posso sentire fare clic nella notte da dove mi trovo. ho parcheggiato.

Non ha nemmeno il tempo di raggiungere la porta e bussare prima che si apra e Malcom appare in pantaloncini corti e una canottiera che mette in mostra le sue braccia strappate che farebbero inumidire le mutandine di qualsiasi ragazza in un istante dopo una sola occhiata.

La prende mentre lei quasi si getta su di lui, e io guardo con assoluto orrore mentre la trascina in casa e chiude la porta dietro di loro.

Capitolo 11

Nadia

Sto fumando. Potrei letteralmente riscaldare l'intero condominio se tornassi lì adesso e ogni inquilino si chiederebbe perché le loro unità sono così calde, nonostante abbiano spento il riscaldamento ore fa.

Solo un altro stronzo. Non so nemmeno perché mi sono permesso di pensare qualcosa di diverso su Malcom, ma l'ho fatto. Ma è andato avanti e ha mostrato il suo vero carattere. È un Serpeverde, un Lannister. Un subdolo bastardo narcisista che bada a se stesso. Non sa che sono qui fuori a guardare, ma dubito che gli importerebbe se lo facesse a questo punto. Ha ottenuto quello che voleva da me e ho firmato il suo contratto di locazione. Cosa gli importa più di quello che penso?

I miei occhi scrutano ogni centimetro della sua casa da dove ho parcheggiato. Cosa stanno facendo lì dentro? Mi chiedo. Ma chi è lei? Perché si è lanciata contro di lui in quel modo?

Immagini terribili mi invadono la mente mentre li immagino insieme, qualcosa di simile alla mia pornografia horror mentre penso a lui che le fa cose simili a quelle che ha fatto a me e a lei che le apprezza tanto quanto me. Forse anche di più. Forse ha più esperienza di me ed è più capace di rilassarsi di me e, di conseguenza, avrà circa cinquantacinque orgasmi prima di svenire tra le sue braccia.

E la mattina le preparerà uova e bacon e pane tostato...

"Cazzo!" Infilo la macchina nel vialetto e la schiaccio a fondo, digrignando i denti mentre accelero l'isolato e scivolo nel suo vialetto, con le gomme che stridono come se fossi nel bel mezzo di un inseguimento in un film di Hollywood.

Sì, ecco che arriva quella psicotroia di cui mi preoccupavo prima. Sta uscendo e non credo che sarò in grado di fermarla.

Sto andando dritto verso l'auto di quell'altra ragazza, chiunque diavolo sia, Miss Abito Nero e Tacchi. Se non freno subito, andrò a sbattere contro l'auto, distruggerò entrambi i veicoli e probabilmente finirò anch'io in ospedale. Dannazione, Malcom, figlio di puttana. Sento il mio cuore battere forte dal dolore mentre i miei occhi si offuscano di lacrime.

All'ultimo secondo sterzo e schiaccio il freno. La parte anteriore della mia macchina manca di poco il paraurti posteriore di quella stronza, e mi fermo sul prato davanti a Malcom, strappando l'erba in due lunghe strisce, evitando per un pelo il disastro.

Sì, l'hanno sentito, penso mentre salto giù dall'auto e mi avvicino velocemente alla porta d'ingresso. Non ho mai avuto un attacco di ansia prima, ma ho avuto problemi di ansia, e questo si qualifica sicuramente come uno di quelli mentre allungo la mano e afferro la maniglia della porta di casa di Malcom.

È sbloccato, quindi entro mentre Malcom e la stronza vestita di nero e i tacchi escono dal soggiorno. Solo che ora non indossa più un vestito nero e i tacchi; indossa pantaloncini corti e una maglietta, come se si fosse appena messa addosso qualcosa in preda al panico quando ha sentito qualcuno bussare alla porta: si è messa addosso qualcosa perché due secondi fa era nuda.

"Che diavolo, Nadia?" grida, cercando di guardare oltre la mia spalla attraverso una delle finestre accanto alla porta per dare un'occhiata al danno che ho appena creato. "Cosa fai?"

"Cosa sto facendo?" Mi faccio beffe. "È ricco." Giro lo sguardo verso la ragazza e poi di nuovo verso di lui. "È una bella cosa detto da te in questo momento."

Il volto di Malcom si indurisce e incrocia le braccia sul petto. "Stai scherzando vero? È di questo che si tratta?"

La ragazza ride. "Non c'è modo-"

Malcom la zittisce con un gesto della mano. Wow, loro due devono essere molto legati. O è così oppure semplicemente non ha le palle per difendersi.

"Come hai fatto... mi stai perseguitando o qualcosa del genere?" chiede Malcom.

"No, non ti sto perseguitando", sbotta. «E non cambiare argomento. Non mi chiami per trenta giorni e poi ti trovo con lei?"

Questa volta la ragazza scoppia a ridere come se io fossi Don Rickles e lei Frank Sinatra e le avessi appena raccontato la barzelletta più divertente della mia carriera. Malcom alza una mano per zittirla, ma questa volta lei lo ignora completamente e si appoggia al muro con una mano sullo stomaco come se le sue viscere potessero cadere se ridesse ancora più forte.

"C'è qualcosa di divertente?" dico, sentendo la rabbia dentro di me che minaccia di sopraffare l'ansia. Non riesco nemmeno a descrivere quanto mi sento ferito mentre faccio del mio meglio per respingere le immagini di Malcom e di lei che se la fa sul divano. Scommetto che le sue dita odorano della sua figa in questo momento. Non lo so nemmeno voglio avvicinarmi a lui. «C'è qualcosa di divertente nel tradirmi mentre hai un'altra donna proprio qui? Quante altre donne hai, Malcom?»

La ragazza sta ancora ridacchiando mentre Malcom alza le mani e si avvicina lentamente a me. Mi allontano.

"Nadia, fai un respiro."

"Rispondetemi!" Sto cercando di non urlare. Non essere isterica. Ovviamente ho già fallito in quel reparto.

"Nadia, lei è Nikki", dice gentilmente. "Lei è mia sorella."

L'imbarazzo mi travolge come l'onda di uno tsunami. Lancio un'occhiata a Nikki, che sta ancora ridendo, ma che sta chiaramente facendo del suo meglio per riprendere il controllo.

"Tua sorella..." ripeto lentamente.

"SÌ." Malcom annuisce. "Sta avendo problemi con suo marito, che non mi piace, per la cronaca, e ha deciso di venire a piangere sulla spalla del fratello maggiore stasera dopo che il loro appuntamento notturno programmato non è andato proprio come si aspettava."

"Sì, non ti piace", interviene Nikki, con voce tagliente. «Me lo hai ricordato molte volte.»

"E ti ho portato a casa mia..."

"Va bene, va bene", geme Nikki, agitando la mano. "Cosa vuoi che dica? Grazie? L'ho già detto."

Il mio cuore sta sprofondando. Sono senza fiato. L'entità dell'errore che ho commesso stasera: potrebbe essere più grande? Sento il battito battere forte nelle mani, nel collo, nelle dita dei piedi. Devo uscire di qui.

"Vado", dico mentre mi giro verso la porta. Ma mentre prendo la maniglia, sento la mano di Malcom sul mio polso.

"Whoa, aspetta un secondo lì." Mi fa girare verso di lui come se stessimo ballando e mi prende tra le sue braccia. Ma non riesco nemmeno a guardarlo. Giro la testa e fisso il muro, dove è appeso un dipinto di una costa mentre il sole tramonta. "Non te ne vai adesso."

"Non sono?" La mia voce è appena un sussurro. Mi sta dicendo cosa fare e, per qualche motivo, sono quasi felice di permetterglielo. Sì, comandami. Ho bisogno di te per.

"NO. Non in questo momento, non lo sei", dice. "Nikki, vai a dormire nella guest house. Ne parleremo meglio domattina."

"Va bene, capo." Sono sicuro che abbia altro da dire, ma è gentile con me per qualsiasi motivo. Dio, pensa a quanto devo apparire terribile in questo momento perché lei lo faccia. Tengo gli occhi sul dipinto ma sento i suoi passi mentre esce dal retro. Una volta che la porta si chiude, Malcom mi prende per il mento e mi costringe a guardarlo.

"Non ti farei mai una cosa del genere", dice con fermezza, i suoi occhi pieni di sincerità. "Non sono come il tuo ex."

«Certo che non lo faresti. Non usciamo insieme, Malcom", rispondo, con un po' di disprezzo. «Lo hai detto chiaramente quando non mi hai chiamato.»

Per la prima volta da quando lo incontro, vedo Malcom vacillare. Fa una pausa come se stesse per dire qualcosa, poi si ferma e sceglie visibilmente qualcos'altro.

"Avevo le mie ragioni."

"OH?" Chiedo. «E quelli cosa erano?»

Con mia sorpresa, sento la sua mano infilarmi la maglietta e afferrarmi il seno. Dovrei prenderlo e tirarlo fuori da lì - No, non puoi farlo adesso - ma non lo faccio. Glielo permetto e tutto il mio corpo prende vita.

"Non so se la ragazza che mi ha appena distrutto il prato ed è venuta a fare irruzione in casa mia all'una di notte riuscirà a pretendere qualcosa da me in questo momento," risponde Malcom con un sorriso, spostando la presa sull'altro mio seno e stringendomi il seno. capezzolo con la giusta quantità di pressione.

"Oh, è vero?" Chiedo. "Ma il ragazzo che non mi chiama per un mese ha accesso al mio corpo?"

"Mi hai dato la tua verginità", risponde, facendo scivolare il palmo lungo la mia pancia fino a raggiungere l'orlo dei pantaloni. Fa scattare il pulsante e infila due dita all'interno. "Ho accesso al tuo corpo ogni volta che voglio, per sempre."

Questo è pazzesco. Non penso che dovrei lasciare che ciò accada in questo momento, ma non ho nemmeno la capacità di fermarlo. No, in realtà non è giusto: non voglio fermarlo. Il modo in cui mi prende come se mi possedesse mi eccita in un modo davvero primordiale. Dovrei essere furiosa e spingerlo a spiegarsi riguardo agli ultimi trenta giorni, ma quando le sue due dita trovano il mio clitoride, non posso fare altro che crollare in avanti e lasciare che la mia faccia cada contro il suo petto forte e virile.

«Io... non dovremmo» balbetto in un sussurro.

"Oh, sì, dovremmo", risponde Mal, la sua voce è un ringhio nel mio orecchio. "E lo faremo."

Capitolo 12

Malcolm

Il divorzio dei miei genitori è stata la cosa più difficile che abbia mai vissuto. Non sono mai andata in terapia per questo, e nemmeno mia sorella. Avremmo dovuto farlo, e ora lo so. Sia io che lei abbiamo affrontato la cosa in modi diversi. Sono diventato quello che potresti definire "un giocatore" e Nikki ha deciso che poteva andare nella direzione opposta e fare esattamente ciò che mamma e papà non avevano fatto.

Potrebbe trovare l'uomo giusto, innamorarsi, sposarlo e far funzionare tutto. Non tradirebbe, non si innamorerebbe di qualcun altro e avrebbero una relazione perfetta, da favola, quasi per ripicca, quasi per dire a mia madre: "Vedi? Questo è quello che avresti dovuto fare.

Ha trovato il suo uomo, Thomas, subito dopo il liceo, e ha fatto del suo meglio affinché tutto andasse nel modo più perfetto possibile. E lo fecero per un po'... per un po'.

Le cose nella loro relazione iniziarono a deteriorarsi. Non era niente di grave. Non è stato tutto in una volta. Ma di tanto in tanto mi ritrovavo ad accoglierla quando semplicemente non riusciva a sopportare di stare a casa con suo marito. A volte restava due notti prima di tornare a casa per sistemare di nuovo le cose. E se non avessi già una visione abbastanza negativa delle relazioni e dell'amore, il matrimonio di Nikki e Thomas non ha aiutato esattamente.

Ma stasera, mentre tengo Nadia tra le mie braccia e sento la sua pelle morbida contro il mio corpo, e guardo i suoi occhi innocenti che mi guardano con tale bisogno, una meraviglia che pochi istanti fa mi chiedevano: "Come hai potuto farmi questo?" mi chiedo se le conclusioni che ho tratto dal divorzio dei miei genitori, dalla relazione disintegrata tra Nikki e Thomas, non siano state del tutto sbagliate.

Faccio le pieghe con due dita e trovo il suo clitoride, bello, umido e pronto per me. Sì, lo vuole, nonostante le repliche chiacchierone che mi ha dato. Tutto quello che devo fare è applicare la minima pressione sul suo piccolo pulsante e il suo intero corpo prende vita. La sua schiena si inarca e i suoi fianchi si piegano in avanti verso di me, e devo spostare la presa sulla parte superiore della sua schiena per impedirle di cadere all'indietro mentre le sue gambe si indeboliscono.

Un gemito sensuale esce dalle sue bellissime labbra, e osservo attentamente mentre la lussuria prende il sopravvento sul suo viso e i suoi occhi si concentrano sui miei, pieni di pura sottomissione e desiderio. Fai quello che vuoi con me, dicono. E Dio, non ho bisogno che me lo dica due volte.

Il mio battito accelera mentre circondo il suo clitoride con la punta del dito. Il suo corpo inizia a tremare mentre la tengo. Fa così dannatamente caldo, ma non è abbastanza. Ho bisogno di vederla. Ho bisogno di vederla tutta.

Con un solo movimento, la sollevo in modo da farle sapere che dovrebbe avvolgermi le gambe intorno alla vita, e così fa. E poi salgo le scale e arrivo nella mia camera da letto, dove la scarico sul letto e inizio rapidamente a strapparle i vestiti come se potessero avvelenarla o iniziare a bruciare i suoi strati di pelle.

"Mal..." piagnucola mentre la spoglio e la vesto con il suo bellissimo vestito da compleanno. La sento, ma a malapena. La sua bellezza e questo trucco (se è di questo che si tratta) mi hanno ferocemente perso nel momento in cui cado in ginocchio e premo le mie labbra sulle sue: le dolci, umide, labbra rosa tra le sue cosce che, so, stanno implorando di essere leccate e succhiato da me in questo preciso momento. Lei grida. "Dio mio!"

Faccio scivolare la lingua nel suo buco, assaggiandola e mimando la penetrazione, poi trascino il mio bulbo carnoso lungo la sua valle bagnata finché non trovo di nuovo il suo clitoride. Solo che questa volta lo prendo in bocca e inizio a succhiarlo delicatamente. Questo fa impazzire Nadia. Comincia a dimenarsi sul letto, afferrando le coperte mentre piagnucolii e gemiti sensuali le sgorgano dalla bocca.

Ecco, dolcezza, vorrei dire, ma ho la bocca piena. Vieni per papà.

Guardare in alto è uno spettacolo davvero delizioso. Le sue tette da adolescente sono collinette perfette e vivaci che rimbalzano e ondeggiano ad ogni suo movimento, facendo pulsare il mio cazzo con un desiderio feroce. Muoio dalla voglia di essere dentro di lei. Ma prima finirò quello che sto facendo.

"Mal, non posso-" balbetta mentre il suo corpo inizia a tremare ancora di più. "Non c-non posso."

Oh, sì, puoi, voglio dirglielo. E lo farai. Ma non toglierò le labbra dal gustoso piccolo pulsante del piacere. Non cambio il ritmo con cui succhio. Tutto quello che sto facendo è portare avanti ciò che sto facendo in modo che Nadia possa arrivare dove deve arrivare. E se so qualcosa, lei è proprio lì.

Mi allungo e le afferro le tette con entrambe le mani. Il mio pollice e gli indici si chiudono attorno ai suoi capezzoli, e la sua schiena si inarca ancora più forte fuori dal letto. Maledizione, è così bella che è quasi impossibile. Se vedessi una foto di questo in questo momento, penserei che sia A.I. generato, sembra così bella.

"Mal!" sussulta, abbassandosi e afferrandomi i capelli. "M-Mal!"

Lei è proprio lì. Tutto quello che devo fare è quello che sto facendo per qualche altro secondo, ed è esattamente quello che faccio. E poi succede.

Tutto il bel corpo di Nadia si irrigidisce. Tutti i suoi muscoli si tendono e le sue cosce mi stringono la testa come un paio di pinze carnose. Sorrido mentre un gemito si intrappola nella sua gola, lottando per uscire mentre l'orgasmo la trattiene, paralizzandola per un momento come una statua mentre tengo la lingua piatta contro il suo clitoride con la giusta quantità di pressione per farla venire. ma non per stimolarla eccessivamente fino a farla dimenare.

"Fanculo!" grida mentre i suoi muscoli finalmente si rilassano e crolla contro il materasso con una combinazione di gemiti e sospiri soddisfatti che è più che musica per le mie orecchie. Molto lentamente, tolgo la lingua e mi spoglio nudo mentre la guardo, ansimante sotto di me, il viso ricoperto da un sottile strato di sudore, quanto basta per farla brillare. "Oh mio Dio, Mal, è stato incredibile. Sei incredibile."

Dovrei avere una risposta affascinante per lei qui, o almeno dovrei essere in grado di farle un sorriso affascinante mentre mi chino su di lei e mi preparo a scivolare dentro. Dopotutto, il nostro rapporto è sempre andato avanti così.

Ma non posso. Le cose sono cambiate.

Questa volta, mentre scivolo dentro Nadia e guardo i suoi splendidi occhi, vengo colpito dritto al petto da una sensazione che non avevo mai provato prima. È, tuttavia, una sensazione che sapevo che avrei provato se l'avessi richiamata, se avessi lasciato che la nostra relazione continuasse. Una sensazione di cui ero terrorizzato a causa del divorzio dei miei genitori. A causa del fallimento del matrimonio di Nikki. Perché sono convinto che alla fine le cose non andranno come pensi.

Amore.

La avvolgo tra le braccia mentre inizio a muovere i fianchi e a cullarla come non ho mai cullato lei, o qualsiasi altra donna, prima. Deve esserci qualcosa nei miei occhi o scritto sul mio viso perché Nadia mi guarda intensamente e mi accarezza dolcemente la guancia con il dorso della mano.

"Mal, che succede?" lei chiede.

Non è solo puro piacere quello che provo mentre mi muovo avanti e indietro dentro di lei. È di più... molto di più. C'è un legame che si sta creando tra noi adesso.

«Quando sei venuto qui...» sorrido. "Quando pensavi che io e Nikki stessimo insieme, e ho visto quello sguardo sul tuo viso..." Nadia tenta di distogliere lo sguardo, ma la fermo e la costringo a guardarmi direttamente negli occhi. "Quando ho visto la tua espressione e ho capito che ero così vicino a spezzarti il cuore, mi ha fatto capire qualcosa di me, Nadia."

"C-cos'era quello?" lei chiede.

"Vuoi sapere perché non ti ho chiamato?" Lentamente lei annuisce. Posso vedere l'esitazione sul suo viso. "Avevo paura che se mi fossi permesso di avvicinarmi di nuovo a te, di stare di nuovo con te, mi sarei innamorato di te."

Le sue labbra si curvano in un piccolo sorriso. "Stronzo."

"Ma quando sei venuto qui stasera, ho capito una cosa."

"Che cos'è?"

"Che sono già innamorato di te."

Parole che non avrei mai pensato di dire mi escono dalla bocca. Potrei aver preso la verginità di Nadia, ma all'improvviso mi sento anch'io un uomo completamente nuovo.

I suoi occhi cominciano a offuscarsi, e poi arrivano le lacrime. Mi getta le braccia al collo e non so chi si avvicina per baciare chi, ma finiamo quasi per divorarci a vicenda nel bacio più appassionato di sempre mentre continuiamo a fare l'amore nel mio letto, un posto che non vorrei mai. lei se ne andrà mai più.

"Ti amo anch'io," sussurra mentre continuo a fremere dentro di lei, stirandola con la mia virilità gonfia, avvicinandomi sempre di più al climax.

"Mi dispiace così tanto, dolcezza..."

"Silenzio", dice, scuotendo la testa. "Va bene. Fottimi e basta."

E io faccio. La picchio forte finché non arriviamo entrambi nello stesso momento. Mi scarico dentro di lei, desiderando che non prendesse la pillola così da poterla allevare completamente e renderla mia pienamente e completamente per sempre. Poi rimaniamo lì per quelle che sembrano ore, limitandoci a tracciare le linee dei corpi dell'altro, senza nemmeno dire nulla, finché finalmente non metto fine al silenzio.

"Sto rompendo il tuo contratto di locazione."

Nadia mi guarda preoccupata per un millisecondo prima di rendersi conto che deve esserci dell'altro in quello che sto dicendo. Lei sorride e si avvicina. "O sì?"

"Sì." Annuisco. "Non ne avrai bisogno perché ti trasferirai da me."

Epilogo

Malcolm

Cinque anni dopo...

Essere onorato per qualcosa è strano. Non ci sono molte persone là fuori che possono identificarsi, ma io sono una di queste e posso attestare che è molto strano e difficile da navigare.

Tre anni e mezzo fa, ho preso parte dei miei soldi, ho ristrutturato uno dei miei vecchi edifici decrepiti e ho aperto un rifugio per violenza domestica in città. Potrei essere stato io il denaro dietro tutto, ma Nadia è stata l'ispirazione. È stata lei a farmi davvero pensare a quello che stavo facendo per aiutare la comunità oltre a farmi pagare l'affitto ed essere un gradino sopra un proprietario "feccia della terra".

Le sue parole hanno avuto davvero un impatto su di me, quindi ho dato il massimo al progetto e le ho affidato il compito di coordinarsi con la città, gli assistenti sociali e le varie organizzazioni femminili che avrebbero aiutato a far decollare le cose. E lei l'ha ucciso. Praticamente non c'è stato tempo di attesa da quando l'edificio è stato approvato e ispezionato a quando era pronto per accogliere le persone.

Due anni e mezzo dopo, la città ha deciso che era giunto il momento di onorarmi. Così, in silenzio, hanno invitato me e la mia famiglia al municipio per consegnarmi la targa del Premio Buona Cittadinanza. È stata una cerimonia piccola e tranquilla, ma Nadia era tutta sorridente per tutto il tempo. Ryan, il mio bambino di tre anni, faceva finta che gli importasse e si comportava bene, ma chiaramente voleva uscire a fare qualcosa di più divertente.

Il giorno in cui è nato, è stato allora che la terra tremava davvero sotto i miei piedi. Nadia si è trasferita da me immediatamente, e sapevo... sapevo proprio che l'avrei amata per il resto della mia vita, e che se volevo avere una vita con lei, dovevo mettere da parte le mie paure che le cose non funzionassero. dietro di me e fidati del mio cuore.

Quindi le ho proposto e lei ha detto di sì.

Eravamo sposati e lei mi ha dato Ryan. Tutta la terra tremò sotto i miei piedi quando nacque. L'amore della mia vita è diventata la madre di mio figlio, nonché la mia compagna di affari. Aiuta nella gestione dei miei edifici, ora che ho continuato ad espandermi, ma soprattutto si prende cura del mio rifugio. Ha pianificato tutto da zero e lo gestisce come se le appartenesse, cosa che per quanto mi riguarda è così. Stiamo anche parlando di aprire altre città non appena troveremo il terreno giusto. E una volta fatto, sono sicuro che prenderà il comando e farà funzionare le cose senza intoppi, proprio come prima.

Sfortunatamente, Nikki non è riuscita a risolvere le cose con Thomas, ma ora vede qualcuno di nuovo, che mi piace davvero, e finora le cose sono andate bene con loro. Ho grandi speranze che riescano a farlo funzionare. Sono passati poco meno di due anni e finora non ci sono state visite in preda al panico nel cuore della notte, quindi è un ottimo segno.

Adesso guardo Nadia mentre scende le scale dalla camera da letto di Ryan, sembra una dea nel suo vestito beige e tacchi con i suoi capelli in splendidi riccioli che le cadono sulle spalle, e ripenso a quella notte che ci siamo incontrati al bar. Immagina se Jared non l'aveva mai lasciata entrare quella notte? Non ci saremmo mai nemmeno incontrati.

"Pensi che questo fosse troppo per il Comune?" chiede, indicando il suo vestito. Era in ansia prima che partissimo, preoccupata che fosse troppo sexy o che fosse una sciocchezza.

"Ti avevo detto di no", rispondo.

"Non pensi che fosse troppo... sexy?"

La guardo mentre raggiunge l'ultimo gradino e si avvicina a me. Bady, mezzo decennio, e ancora non riesco a staccarle gli occhi di dosso. Quanti mariti possono dire lo stesso delle loro mogli? Cinque anni e siamo ancora più focosi che mai.

Lo facciamo come una coppia di adolescenti che cercano di battere un record per quante volte possiamo farlo in una settimana, e non abbiamo mai nessuno di quei momenti noiosi di coppia di cui senti sempre parlare la gente. Conosci quelli in cui la serata consiste semplicemente nel discutere cosa ordinare da asporto e poi magari discutere su quale programma Netflix guardare, quindi andare a letto e giocare al gioco chi di noi può addormentarsi più velocemente mentre guardiamo gli schermi dei nostri telefoni.

È come vivere una fantasia. Tutta la temerarietà che ho avuto nei confronti del matrimonio, del concedermi a una donna, è scomparsa. E Nadia ne è responsabile.

"No, penso che tu sia troppo sexy." Sorrido, avvolgendole le mani intorno alla vita e attirandola a me. "E di conseguenza, qualsiasi vestito che comprerai sarà troppo sexy."

"Oh, tu incantatore", scherza lei con un sorriso.

"A meno che, naturalmente, non ti avvolgiamo in un telo blu", suggerisco, chinandomi e baciandole il collo mentre abbasso la spallina sinistra del suo vestito e le sfilo il braccio. "O barattoli di schiuma da barba."

Nadia geme mentre mi avvicino al suo collo. Dio, ha un profumo delizioso. Penseresti che ormai mi sarei abituato al suo profumo, ma è come se il mio corpo semplicemente non me lo permettesse. È come se non volesse, così posso godermi momenti come questo.

"Hmm, penso che probabilmente potremmo saltarlo", ridacchia Nadia mentre tiro giù la sua seconda spallina, esponendole il seno. Sono diventati più grandi dopo la gravidanza ma allo stesso tempo hanno mantenuto la loro vivacità. Adesso è solo puro sex appeal ambulante. Adesso riesco a malapena a stare con lei senza che mi venga un'erezione.

«Allora dovrai smetterla di preoccuparti, dolcezza» sussurro. "Perché sai che sei semplicemente troppo sexy."

Le bacio il petto fino al seno sinistro e prendo il suo capezzolo nella mia bocca, facendola sussultare.

"Ebbene, quante donne possono dire di avere un marito onorato dalla città?" Lei piagnucola. Sento che mi sta leggermente prendendo in giro, ma è anche sincera. Mi allungo dietro di lei e faccio scivolare le mani sul suo vestito e sento che non indossa mutandine. E questo è tutto ciò che serve per portarmi oltre il limite.

La tengo tra le braccia e la sto portando sul divano prima che abbia la possibilità di gridare. Mi piacerebbe portarla nella mia camera da letto, ma è troppo vicina a quella di Ryan per le cose che le farò e per il rumore che farà in risposta.

I suoi occhi si illuminano di lussuria mentre la metto giù e le sollevo il vestito, esponendo la sua piccola figa nuda. Ha preso l'abitudine di lasciare solo un minuscolo ciuffo di capelli sopra come decorazione, diceva, e adesso è lì, come una graziosa cornice sopra l'evento principale.

Sono così ansioso di entrarle dentro che non mi prendo nemmeno la briga di togliermi la maglietta. Mi tolgo semplicemente i pantaloni e mi sdraio sopra di lei mentre lei allarga le cosce per me. Cavolo, non ne avrò mai abbastanza della sua scintillante fessura rosa o del suono che fa mentre mi infilo dentro.

"Tutto l'onore del mondo non significherebbe nulla senza di te, Nadia", ringhio mentre la sento allargarsi attorno alla mia asta. Le afferro una manciata di capelli e le tiro indietro la testa, esponendo una parte maggiore della sua gola su cui posso premere le mie labbra. "Non ne avrò mai abbastanza di te."

"Mai?" Lei geme.

"Mai. Ti senti così dannatamente incredibile."

"Rispondiamo subito", sorride, prendendomi mentre inizio a pompare più velocemente.

"Mi hai cambiato, tesoro", le dico. "Sei il mio amore. Il mio compagno. La madre di mio figlio..."

"Mi piace quando mi parli", geme.

Le accarezzo il viso con il palmo della mano, spingendo forte i fianchi, bloccandola sui cuscini del divano con una forza tremenda. "Maledizione, è come la prima volta che ti ho scopato. Sei ancora vergine, tesoro."

"Sì?"

Sento che si sta già stringendo verso di me, il resto del suo corpo diventa sempre più teso. Le afferro le tette e la bacio dappertutto, feroce, come il maniaco che sono quando sono dentro di lei.

"Sì. La tua piccola fica bagnata è come il paradiso per me, tesoro. Non ne avrò mai abbastanza."

Lascio che i miei denti sfiorano delicatamente il suo collo, poi unisco le mie labbra in un bacio.

"Oh mio Dio, Mal!" grida, afferrandomi la schiena con entrambe le mani. Sta stringendo più forte che può. Se fosse un po' più forte, mi farebbe a pezzi. "SÌ! SÌ!"

"Dillo", ringhio. "Dillo, dolcezza!"

"Sto arrivando!"

Il suo intero corpo si contrae sotto di me, e nasconde il viso nella mia spalla mentre un lungo gemito le sfugge dalle labbra. Allo stesso tempo, il mio cazzo erutta, spruzzando il mio seme dentro di lei, rivestendo le sue morbide e calde pareti mentre spingo la mia virilità più in profondità che arriva e la lascio lì, scaricando le mie palle mentre il suo corpo si inarca e si tende, colpito dal piacere. .

Lavoriamo perfettamente insieme in ogni aspetto della vita, che si tratti di cucinare un pasto, mettere insieme un rifugio o fare il miglior sesso del mondo. Non è stato un caso incontrare Nadia in quel bar quella sera; era il destino. Ero un uomo distrutto. Allora non me ne rendevo conto, ma lei mi ha aiutato a capirlo, e non solo, mi ha sistemato.

"Dio ti amo." Sorrido.

"Ti amo anch'io", ridacchia lei. "Feccia del padrone di casa della terra."

FINE

Don't miss out!

Visit the website below and you can sign up to receive emails whenever Ashley Colem publishes a new book. There's no charge and no obligation.

https://books2read.com/r/B-A-TMQAB-IWMTC

BOOKS 2 READ

Connecting independent readers to independent writers.

Did you love *L'estasi del Proibito: Dopo che Nadia scopre che Bady la tradisce*? Then you should read *Amore Improbabile*[1] by Ashley Colem!

[2]

Gabriel Cole non ha molto tempo per i suoi problemi. Ma quando sua madre torna da un fine settimana a Las Vegas, sposata con un uomo che non ha mai incontrato, decide di indagare. Si scopre che ha collaborato con un truffatore che ha lasciato dietro di sé una scia di mogli abbandonate e debiti inesigibili. Quando Gabriel scopre che il suo nuovo suocero ha una figlia, decide di indagare anche su di lei. Non sarà pronto a darle tutto ciò che desidera finché non incontrerà la sua nuova sorellastra.

Elena è un'infermiera domiciliare per giovani madri. Ma ha deciso di prendere in mano la situazione perché ha bisogno di avere un figlio. Anche se non è l'ideale, non vede l'ora di trovare l'uomo perfetto. Ma una

---

1. https://books2read.com/u/m26ErR

2. https://books2read.com/u/m26ErR

telefonata durante un'ultima missione minaccia di far deragliare tutti i suoi piani attentamente pianificati.

Questo romanzo contiene molta infantilità ed è una delizia sporca e viscida.

Also by Ashley Colem

Bien Trop Brutal
Obsede Par Elle
Limite dépassée
Amour Improbable
Kataliya, la Parfaite Élue
Le Choix Ultime d'un Seul Amour
Réveille-toi, Barbara
Sexe à Répétition
Taïna est en feu
Captive d'une Nuit Enneigée: Jusqu'à ce qu'elle apparaisse et que son âme se sente captivée
Ces Attouchements Tabous: Cette nuit-là, il a changé ma vie pour toujours
Épuisement: Sienna est peut-être jeune, mais son corps sait ce dont il a besoin
Il va l'avoir: William veut Jesse plus que tout au monde
La Femme de ses Rêves: Il est obsédé par la jeune beauté qui lui a volé son cœur
Le No 1 des Connards: Il ne cherche pas d'excuses pour ce qu'il est ou ce qu'il fait
L'étrange Mariage du Milliardaire
Maintenant... Elle est à moi pour Toujours: Je mets un bébé dans son ventre et une bague en diamant à son doigt
Piégé par elle

Tenir si Fort: Il ne savait pas qu'une obsession pouvait s'emparer de lui aussi fort

Un Alpha de Mauvais Caractère: Aucune femme n'a jamais été capable de le gérer

Un Échange Très Étrange: Le destin de Cian et de Serenity, croisés dans un lycée américain

Limite Superato

Amore Improbabile

Kataliya, la Perfetta

La Scelta Definitiva di un Singolo Amore

Sesso ripetuto

Taina è in Fiamme

Esaurimento

Intrappolato da lei

La Donna dei Suoi Sogni

Lo Stronzo #1

Ora è mia... per sempre

Prigioniero in una Notte di Neve

Sta per Averla

Stringere Così Forte

Obsession: Tout a changé la première fois que Jackson a vu Dina

Svegliati, Barbara: Stare con Clark diventa un grosso problema

Agarra tan Fuerte

Atrapado por ella: La persona a la que quería hacer daño resultó ser la única que le había llegado al corazón

El Éxtasis de lo Prohibido: Después de que Nadia descubre que Bady la engaña

El gilipollas nº 1: No pone excusas por lo que es o por lo que hace

L'estasi del Proibito: Dopo che Nadia scopre che Bady la tradisce

L'extase de l'interdit: Après que Nadia découvre que Bady la trompe

9 798223 594789

Disclaimer

The content of this book is intended for informational and personal reflection purposes only. The author has shared personal experiences and opinions which may not apply universally to all readers. Readers are encouraged to consider their own circumstances and consult appropriate professionals for advice tailored to their specific needs.

The journey through these pages is designed to provoke thought and reflection on personal and societal themes. Embrace the exploration without seeking a predefined path, as the essence lies in discovering your own meaning and purpose.

The author does not claim to provide professional, medical, legal, or financial advice in this book. Any reliance on the information provided herein is solely at the reader's own risk. The experiences and insights shared are based on the author's perspective and are not guaranteed to be accurate, complete, or up-to-date.

Neither the author nor the publisher assumes any responsibility or liability for any loss or damage incurred as a result of the use of the information contained in this book. Readers are urged to independently verify any information that may be applicable to their own circumstances. By engaging with this book, readers agree to release the author and publisher from any and all claims arising from its content.

By reading this book, you agree to the terms of this disclaimer.

RADIANT

What We're doing

ON EARTH

By

Fardeen Khan